屐红高跟鞋的雨

谭风华诗选

谭风华 ◎ 著

中国三峡出版传媒

中国三峡出版社

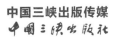

图书在版编目（CIP）数据

屐红高跟鞋的雨：谭风华诗选 / 谭风华著 . — 北京：中国三峡出版社，2016.11（2017.4 重印）

ISBN 978-7-80223-934-0

Ⅰ．①屐… Ⅱ．①谭… Ⅲ．①诗集 – 中国 – 当代 Ⅳ．① I227

中国版本图书馆 CIP 数据核字（2016）第 276088 号

中国三峡出版社出版发行

（北京市西城区西廊下胡同51号　100034）
电话：（010）66117828　66116828
http：// www.zgsxcbs.cn
E-mail：sanxiaz@sina.com

北京画中画印刷有限公司印刷　新华书店经销
2016年9月第1版　2017年4月第3次印刷
开本：710×1000　1/16　印张：16
字数：216千
ISBN 978-7-80223-934-0　定价：29.80元

自 序

"一部哲学的书，在这个时代，居然能于两个月之内再版，这是我自己不曾梦想到的事。这种出乎意外的欢迎，使我心里欢喜感谢，自不消说得。"这是胡适先生在 1919 年 5 月 3 日为《中国哲学史大纲》所写的再版自序，这天恰是五四运动的前夜。而现在我的心境和喜悦之情，是与胡适先生当年一样的。虽然《屦红高跟鞋的雨》并不是一本哲学的书，而是我的处女诗集，是我正式出版的第一本书。《屦红高跟鞋的雨》在 2016 年 9 月第一次印刷出版，没想到两个月时间就售罄，2016 年 11 月第二次印刷，居然也是"能于两个月之内再版"，没想到两三个月时间再次售罄，这还是让我有点出乎意外的惊讶。如今又要进行第三次印刷，总感觉自己像在做梦。

《屦红高跟鞋的雨》的正式出版，对他人可能只算一件无足挂齿的小事，对我个人来说，却是天上掉下来的一件大事，相当于人生第一次出"疹子"。但因为种种原因，第一次、第二次印刷，既没有序，也没有跋，从头到脚只有诗，以诗为序，以诗为跋。时值第三次印刷，又实在结识不到当年给胡适先生写序的，像蔡元培似的人物，幸应出版社之约，可以退而求其次，在第三次印刷付印之际自己写一篇序文补在这里。

但毕竟人微言轻，我并不敢像宋朝的范仲淹那样，敢于声称，"居庙堂之高，则忧其民；处江湖之远，则忧其君。是进亦忧，退亦忧"。多少次读范仲淹的《岳阳楼记》，总觉得似乎古代文人就没有快乐的时候。在这里，对中国古人的情怀，我是仰视的，没有丝毫戏谑的心态和嘲讽的意味。而《屦红高跟鞋的雨》这本小诗集，是达不到那种境界，对于整个世界、社会也并不奢望会产生什么震动或者教益，既不敢自矜、自夸，也不敢有什么过分的想法。但一花一世界，一叶一菩提，对于我和一直关心、鼓励、帮助我的朋友，却有着重要的和特殊的意义。对于我来说，出书一直是一道门槛。书能够顺利出版，等于我终于跨过了这道门槛。这一步，虽然迟早得迈出去，但等待和酝酿的时间，相对来说还是过于漫长。但从另一方面说明，我出书的心态是认真的、谨慎的，自我要求还是严格的。

出书一直是藏在内心深处的一个梦想。其实刚写诗歌时就奢望出本诗集，名字就叫《屐红高跟鞋的雨》，并一直用这个题目在我的博客里对自己的诗歌进行结集。很多朋友对这个名字也提出过疑问：为什么不用"屣""跂"或"跋"？我也私下跟朋友探讨和解释过，"屐"在这里是名词活用为动词，"屐红高跟鞋的雨"翻译为现代白话，是"像穿着木屐一样穿着红高跟鞋的雨"。苏联诗人马雅可夫斯基曾写过一首长诗《穿裤子的云》，那是他的代表作。寻常的云和日常的雨，不是诗，你我穿裤子穿鞋，不是诗，但"穿裤子的云"是诗，"屐高跟鞋的雨"是诗。"屐红高跟鞋的雨"这个名字是"性感"的，甚至有点"香艳"，充满着媚惑，所以我一直期望出一本以这个名字作为书名的书。

也有朋友追问过我的笔名"非墨"的来由，我也经常打哈哈，因为实在不容易解释清楚。2006年获诺贝尔文学奖的土耳其小说家费利特·奥尔罕·帕慕克，写过一本很漂亮的长篇小说，叫《我的名字叫红》，2007年1月11日我借用帕慕克这本小说的题目，写了一篇《我的名字叫非墨》，以简单说明我笔名的来由，虽然解释得并不全面，但大概说明白了。全文如下：

我的名字叫非墨

开始写文章向报刊投稿时，很有激情，也比较孤陋寡闻，以为作家发表文章必定是要用笔名的，不用笔名还称得上作家吗？所以我当时也用过很多笔名，但都不太满意，就像猴子掰苞谷，随用随弃，直到最后确定"非墨"，就懒得再改，沿用至今。进而在网上注册ID时，用的也都是"非墨"这个名字。

　　名字只是一个代号。本名和小名往往是父母或长辈取的，寄托着长者的期望或祝愿；而笔名、网络昵称一般是自己诌的，体现个性和自己的喜好。贾平凹说得最有意思："名字是自己的，可叫得最多的倒是别人。"最初，曾有一家报社的编辑问过我为什么取"非墨"这样一个名字，我认真做过解释，说了四点理由，他认为很有点意思。后来仍有很多网友通过网络询问过我，或朋友当面追问过我这个问题，我觉得重复回答意义不大，往往笑而言他，避而不答。现在回想那四点理由，却有点儿模糊，记不太清楚了。硬要说说，大概是这样：

　　一、我极其喜欢庄子和惠子的濠梁之辩，"子非鱼安知鱼之乐"，以及名家的代表人物公孙龙的"白马非马"论，这是两个古代哲学命题。且有一个华裔著名诗人叫"非马"的做榜样，觉得特别地有点儿意思。"非墨"大概源于此。

　　二、"天子呼来不上船，自称臣是酒中仙"的李白，字太白；"在天愿作比翼鸟，在地愿为连理枝。天长地久有时尽，此恨绵绵无绝期"的杨贵妃，字太真。只因太白太真，似乎不食人间烟火，其命运往往多舛。自以为胸无大志的我在生活中，绝对的白做不到，退而求其次，赤橙黄绿青蓝紫和灰色，不黑总还是可以选择的。绝对的真做不到，只有另辟蹊径，不假总还是可以努力的方向。"非墨"暗存此意。

　　三、我是学理工的，不是玩笔墨的，文字不是我的专业和特长。在一般人眼里，爱玩文字就有点不务正业，搞起来就有点像特工搞"地下工作"，而且有时自己对自己的文字又不能有充分的自信，知我者谓我心忧，不知我者谓我何求，难免遮遮掩掩，欲说还休，欲说还休，却道天凉好个秋。所以"非墨"也可解释为"不是搞文字工作的"。

　　四、因家庭遗传，我长得不黑，这是实话。至于心黑不黑，既不好妄自菲薄，也不好自我吹嘘。黑不黑，自己不好说，说了也没人信。

　　当然，最初我用的名字不是"非墨"，而是"非黑"，并发表过一首诗。但后来觉得现代诗歌过于天马行空，不着边际，诗人不是我这种人可以胜任和担当的，因为要写出好诗似乎是先得把自己搞得疯疯癫癫才行，风险实在太大，尚还有一点儿自知之明，便知难而退了。所以，顺手在"黑"字下面加了一个"土"字，成了"墨"。"土"以示脚踏实地，踏实做人，诚实生活，扎实写字，诗能写就写，不能写就老老实实写文章。文章能写就写，不能写就读读闲书，以遣有涯之生。

后来，无意中发现"非"和"墨"这两个字很对称、很平稳，汉字中对称的并不多见，因而越看越顺眼，越看越喜欢，情人眼里出西施，敝帚自珍，舍不得丢弃和更换，也就沿用至今了。

在单位，我常坐在办公桌旁，独自发愣，有时也问自己，究竟谭风华是非墨，还是非墨是谭风华？或者我的内心一直就存在着两个自己，或者谭风华、非墨，终究与坐在办公桌前的"我"没有多大关系，那是平行世界另一个"我"，偶尔在这个世界的"投影"。没曾想，如今离《我的名字叫非墨》这篇小文章当时的草就，又是十年，就这么碌碌无为地过去了。有时我也暗自反复追问自己，到底想做什么？究竟有多少个十年可以这样挥霍？我多年尝试写作，虽发表得少，但林林总总，其实数量上早已达到了可以结集出几本书的规模，却一直在犹豫，没有出书。究其缘由，一方面还是自己底气不足，对自己多少还是没有自信，总觉得自己所写的东西，也许更像私人书写、个体写作，或边缘写作、地下写作，自娱和"自愚"的成分多，没有载道的可能和奢望，于世道人心，或他人并无教益。司马迁说的"人生三不朽"，立德、立功、立言，自己什么也够不上，沾不上边。虽然立言终究是三不朽的"末事"，而司马氏仍然强调，仍然是要"究天人之际，通古今之变，成一家之言"的，司马氏也是曾经幻想立德、立功，干一翻实事，终因命运，不得已才去著书立说。司马氏的这个想法在我的内心，不知道什么原因，便悄悄沉淀成一份沉重的"教条"，担心即便成书，能够印刷出来，白纸黑字，一堆废话，也不过是一堆废纸，没有什么阅读和保存的价值。另一方面大概是机缘原因，个性又偏于懒散、低调，不能跟随社会潮流，做到"高调做事，高调做人"，不会"个体经营""人生规划"和"折腾"，个人本性上还是不合时宜，不会"来事"和"拼搏"，没有深刻领会张爱玲说的"出名需趁早"这句话的内涵和社会现实功效。

但没出过书，作为与文字比较亲近的人，内心总有一个硬伤，其实现实的逻辑是，书出版后，写得究竟好不好，有没有人读，似乎并不重要。好像能卖出去，有一定影响，雁过留声，人过留名。别人介绍也多是，"这人出过书""这人出过《XXXXXX》等好几本书"，中国人潜意识中，对文字多少心存敬畏，对写书的人保有几分敬重，至于书写得好不好，倒是次要的问题。

所以有朋友，把自己出版的书赠阅于我，我总是心存感激，抽时间认真阅读。但偶尔也开玩笑，或自嘲，套用钱钟书先生《围城》里的调侃"出国"事宜玩笑话，说出不出书，就像人出疹子，出过疹子的，多少就明白出疹子不过是那么回事。其实这不过是自我安慰，自侃。

中国现代汉语诗歌，追根溯源，大家比较公认的是胡适先生的《尝试集》。《尝试集》是中国现代文学史上第一部白话诗集，第一编是胡适留学美国期间创作的，最早的写作时间大概可以追溯到1916年7月，中国第一首白话诗《两只蝴蝶》(原题《朋友》)完成于1916年8月23日。《两只蝴蝶》发表在1917年2月的《新青年》杂志上，距今年2017年，恰好一百年。现在甚至已有人考证胡适的这首白话诗其实是翻译诗。现在大家都公认，中国现代汉语诗起源白话诗，白话诗源于西方翻译体诗歌，喝的是西方的"狼奶"。与此同时，总有人认为，中国现代汉语诗歌是白种女人生下的一个黄皮肤的孩子，表面上用的是汉字，骨血却全是西方的。

诗人艾青在1983年写的《我的创作生涯》中，回忆1933年他出狱回家："有一次，在赶集的路上，我的父亲说：'你写的那也是诗吗？——听说你写诗还出了名。'他不以为我写的是诗，他认为诗只能是五个字一句或七个字一句的。但他也知道他已不能干预我写诗了。"那时候，1933年，距白话诗歌开创仅十来年，艾青父亲对诗歌的看法，基本代表老辈子文人，甚或整个社会对白话诗歌的基本认识和看法。艾青父亲对写新诗的艾青的态度是揶揄的，不无嘲讽的，对新诗歌从骨子里并不认可。新诗歌发展一百年后的今天，境况有所改观，但争议仍然很大。

而肇始于"文革"后期的朦胧诗，也很有意思。"朦胧"一词来自章明的批评文章《令人气闷的"朦胧"》，认为一些青年诗人的诗写得晦涩、不顺畅，情绪灰色，让人看不懂，显得"朦胧"。可以看出，"朦胧"最初是带着贬义的，"朦胧"最初也是"先锋"和"地下"的。诗歌界也曾有一个相当广泛的共识，即：没有翻译，就没有新诗；没有灰皮书，也就没有朦胧诗。所谓灰皮书，是指二十世纪六七十年代只有高干高知可以阅读的、所谓"供内部参考批判"的西方图书，其中一部分是西方现代派小说和诗歌，早期的朦胧诗人们正是通过各种途径接触到这些作品，得到启蒙和启迪，从此开始他们的现代诗歌探索之路。其实，中国历史上也有相似的情况，在隋唐时期，由于佛经的大量译介，曾经推动中国文化和中国语言的巨大嬗变，这个现象是值得深思和深入探讨的。

其实，胡适先生的《尝试集》最早的创作，是在 1919 年五四运动暴发之前完成的，只不过在五四运动之后才结集出版发行。而实际新文化运动追根溯源，应该肇始于 1915 年陈独秀创刊的《新青年》。百年风雨，面对现代诗歌日趋"边缘化""小众化"等现象，如何评价中国现代诗歌发展的成就和历史地位，众说纷纭，有人认为一无是处，认为中国现代诗总体是失败的，这以季羡林先生为代表，他在《季羡林生命沉思录》中说"在文学范围内，改文言为白话，也是中国文学史上的一件大事。七十多年以来，中国文化创作取得了长足的进步；但是，据我个人的看法，各种体裁间的发展是极不平衡的。小说，包括长篇、中篇和短篇，以及戏剧，在形式上完全西化了。这是福？是祸？我还没见到有专家讨论过。我个人的看法是，现在的长篇小说的形式，很难说较之中国古典长篇小说有什么优越之处。戏剧亦然，不必具论。至于新诗，我则认为是一个失败。"

这个评价，引起广泛争论，再加上近几十年来现代诗"朦胧诗""下半身写作""口语诗""垃圾诗"等等诗歌运动，席卷而来，"梨花诗""羊羔体"等事件，反复折腾，把不明就里的社会舆论裹挟进去，很多并不读诗的人，人云亦云，跟风炒作。其实很多的"炒作"，又都是策略上的东西，本质上是社会和受众并不认可"新诗"，诗人们幻想或试图通过一种渠道和方式，吸引眼球，吸引阅读，吸引评论，写出的诗歌如果没有发表渠道或可能，没有被阅读和接触的可能，就没法传播和抵达他者的内心。但社会和读者，对这套把戏并不认可，更多的作为娱乐事件和新闻来炒作和"消费"，不读诗歌的仍然不读诗歌，阅读诗歌仍然是那一拨"小众"。而在我看来，诗歌一直就是"小众"的，从来没有"大众"过，即便是唐诗宋词鼎盛时期，在古代读书识字的从来只占中国社会的少数，而其中能写诗词的又只是少数，能写出好诗词流传后世的更是少数中的少数，虽然诗有别才，但诗歌从来就是精英写作，即便是现在的"草根诗人"也同样是某种意义上披着"羊皮"伪装的精英。

诗歌究竟是什么？从《诗经》、《楚辞》，到汉乐府、唐诗、宋词、元曲，从四言、五言到七言，讲究平仄、对仗、格律和押韵等等，但这些都是诗歌的外在形式，其实王实甫的《西厢记》是诗，汤显祖的《牡丹亭》是诗，曹雪芹的《红楼梦》是诗，杜拉斯的《情人》是诗，汪曾祺的小说和散文也是诗，诗歌本质并不在于分不分行，长或者短，把这些作品的环境、人物、情节等要素剥离干净，真正剩下，水落石出的就是诗歌。这也就是为什么西方诗歌即使翻译过来，没有平仄，没有格律，没有对仗，也不押韵，我们读了，仍然觉得是诗。有很多人之所以仍然只对古诗词倍加推崇，一方面，流传、保留下来并进入文学史的古诗词，多是古人写的精品，是被反复甄别、筛选出的极品，而不像现在海量的现代诗歌，良莠不齐，鱼龙混杂，需要有一双发现的眼睛，需要等待时间的淘洗。同时现代诗歌好与坏，似乎到目前为止，仍然没有一个统一的、得到普遍认可的标准。而好诗的尺度却又像"道"，存在于每一个喜欢诗歌、阅读诗歌人的内心。其次是中国现代汉语诗歌，从其诞生之日起，更注重"横的移植而非纵的继承"，注重西方诗歌经验，忽视甚至拒绝中国传统，但对于中国读者，即使是著名翻译家编译的诸如波德莱尔、艾略特、特朗斯特罗姆、辛波斯卡等人的诗歌，都写得很好，诗歌地位也很高，但中国一般的普通大众并不喜欢，甚至读不下去，而仅仅把原因推为"诗不可译"等是说不通的，推到等待和培养读者的阅读兴趣和能力也是有问题的。三是古汉语与现代汉语表面上都是由同样的方块字组成，虽然是有着血缘关系的"母子"，但实质上是有着很大差异的两种语言，古汉语是以单字为主体的一种书写语言，而现代汉语是以词汇为主体的另一种可以书写、记录的口头语言，虽然两者之间有着内在传承和紧密联系，有一根若隐若现的脐带，但是其实质上已发生很多根本性的变异。词汇有两字的、三字的，或多字的，当新汉语以词汇为主体时，传统诗美学中的"平仄、对仗、格律"等要素突然"失效"。这也是为什么很多古诗词，一旦翻译成现代汉语，很奇怪，陡然变得面目可憎起来，味同嚼蜡，很多人也因此推说同样是因为"诗不可译"的缘故。诗歌不是不可以译，是因为转化成现代汉语时，就像很多外语诗歌翻译成汉语时，直译，硬译，译得并不好，失去诗歌原有的节奏、音韵、语气和味道。

也有很多现代诗歌界的人士纷纷对季羡林先生的观点进行批驳，新诗的成与败、得与失，反正是见仁见智，并不是我这个"门外汉"能够说得清楚的。《屐红高跟鞋的雨》的第三次重印，只是碰巧在这个时候，若实在没有什么可读性，就权当在新诗百年之际，凑个热闹。当然，如果真的是这样一个结果，也是我当初唯一所担心的事情。毋庸置疑的是，由于网络、博客、微博，特别是微信的兴起，诗歌的写作、阅读、发布、传播及其生态、渠道的改变，一个诗歌大时代即将来临。问题是面对这样一个大时代，诗人和读者都做好准备了吗？

《屐红高跟鞋的雨》是我的第一本诗集，第一本书，是我生下的第一个孩子，对于我来说，总是心怀感恩的。所以，在此，因诗集的第三次印刷之际，要特别感谢冯志杰先生、戴荣里先生，多年以后我定然还会滋滋回忆我们三人在北京西直门那家小餐馆吃饭时首次谈及出书的情景。同时，我还要感谢李德忠先生、苏亮昆先生、邵胜利先生、陈金先生、江心先生、戴骥先生等老师、朋友多年来的鼓励、鞭策和帮助，以及责任编辑任景辉先生的辛勤工作，终于把我的"疹子"催逼了出来。

谭风华

2017 年 2 月 25 日作于北京

目录

contents

第一辑

乡愁是根抻不断的风筝线

第二辑

对春表白，简单一字：爱

第三辑
展红高跟鞋的雨

第四辑

秋天，并不总是忧愁

第五辑

满载童话的火车从冬天开出

第六辑

春秋 + 冬夏 =1 年

第七辑

花开，是植物在说话

乡愁是根抻不断的风筝线

离你多近才算远

你在封面，我在封底
隔着一本长篇小说的距离
仅仅几寸厚，隔着几百页纸

你在河东，我在河西
隔着一条柔软河流的距离
时间如山洪暴发，阻隔成心思

太近会碰撞，太远会逃逸
万有引力足够发挥作用
月亮与地球，一粒仙丹的距离

我在心外，你一直藏在心里
我有钥匙，却始终找不到门
隔着一堵并不隔音的墙

你在碑后，我在坟前
隔着土，隔着生死
如此近，却是人生至远

初 恋

为什么这么早
就让我不期遇见你
遇见你就像遇见了美
让我突然间就像
一捧受了惊吓的水
骤然冰冻成玉

因为你的美
纵然站立千年的塔
也会在我眼前轰然坍塌
美是一匹总也熨不平的
绸缎。愁人

眼睛被灼烧成一支自焚的烟
一只透明的蘑菇像海蜇一样
从眼中浮出。一只千倍放大镜
未经允许就将唇边那粒黑痣
放大成一朵含苞待放的玫瑰

从此，我就犹如一尾鱼
被毒杀。淹死在你的泪里
犹如一只偶尔离群的雁
被你眼睛里的月光射杀

为什么不让我
晚些时候再遇见你
遇见你就像遇见了魅
让我突然间就像
一块受了惊吓的铁
刹那熔化成水

想　你

端着热气腾腾的一杯绿茶想你

看着结着苦瓜的青藤想你

听着柴可夫斯基想你

读着古诗十九首想你

在立秋的细雨里想你

在吃着一尾红烧的鲤鱼时想你

在一起车祸或意外事故里想你

在一起突发的恐怖事件里想你

实在没事时就想想你

可以打发时间

实在有事时

就偶尔利用时间的缝隙

想你，像一朵莲花盛开

想你，像一朵云从湖面飘过

想你，像一株结满梦幻的石榴树

想你，像那只停在狗尾草上的蜻蜓

我突然发现一个秘密

发现我前半生一直等你

后半生一直在想你

因为你，我的一生变得如此简单和单调

想你。没来由地想你
想着。想着。就老了
而如今的你
究竟在哪里

乡　音

用牙，嚼
嚼了一辈子也没嚼烂
用舌头，藏
藏了一辈子也没藏住

吐出来，放在手心，点燃
烧干净了
留着的也是一把灰
一把余温

震颤，耳朵里埋着的风筝线
长年累月没调校过的琴弦
就会绷嗒一下
让心惊，让肉跳

让喉咙因某种摩擦
生出一朵火花
让一道闪电
劈开内心的静夜

吾乡如磁

那河边不曾毁于火的
吊脚楼。是老宅
是一块块磁石
燕子如铁屑
被放飞，一年一度
又被吸回

而我是你身上
切下来的一小块
很破碎，不懂叛逆
总是很听话，很顺从
你是阳时，我也阳
你是阴时，我也阴

总是针锋相对
总是越走越远。后悔
没学好物理，弄不懂
"同极相斥，异极相吸"的道理
没学好语文，读不懂韦庄
"未老莫还乡，还乡须断肠"

因而我总是提心吊胆

青梅竹马仍然固守童年的你

微微一笑

就会将故乡

这座小小的山城

轻而易举地毁掉

我有一种忧伤

我有一种忧伤
悄悄生长在故乡
当我长年漂泊在外
枝头结满酸涩棠梨

故乡是一眼望不到边
凝固的海洋。所有的波涛都已冻结
成绿色翡翠。所有漂泊疲惫的桅杆
都不约而同搁浅
并在土壤里纷纷长着胡须

如玉的山在哭泣
像春天里的冰在融化。融化成小溪
布谷鸟仍把每一个异乡人错当成屈原
一遍又遍地问：归不归哟归不归
我有一种液体叫童年
像盐。溶化在透明的记忆里

我有一种忧伤是液体
一条长年被蜂蜜和花粉污染
的河。从不曾纯净过

从不曾被禁锢在塑料瓶中
河里的鱼喝着这种忧伤长大
都非常长寿

山是位原生态摇滚披头士
山岚呼号。是山歌嘹亮
树是疯长的头发
我曾经用磨砺过的柴刀
一遍遍为桀骜不驯的歌手理发

月亮是我离家时
送给山的定情物
风是我送给山的定型摩丝
萤火虫闪烁着我的一种忧伤
被一年一度迁徙的大雁衔走

小鸟是长着翅膀的跳蚤
在森林里自由地歌唱
虱子是撞断犄角的水牛
用嘴唇收割着河畔青草
蝴蝶是长着翅膀的花朵
蜻蜓是随时准备迫降的云
青蛙在稻田里集合擂鼓厮杀
重温冷兵器时代辉煌和荣耀

我有一种固态的忧伤
像暴雨前的蚂蚁
像蘑菇。纷纷从地底钻出
并爬到树端。结成果子

在远离故乡的地方
城市的灯盏夜夜怒放
忧伤就像记忆里的棠梨
一年一度。酸涩满枝

还 乡

越走越弯的山路
越走越痛的旧创
越走越近的乡愁
越走越颠簸的脚印
越走越澎湃的泪水
越走越零乱的思绪

故乡如一柄扑面而来的飞剑
由远及近　不偏不倚
插入我久愈的内伤
呵　疼得我轻叫
我回来了　母亲
我的老泪潸然

泥　鳅

为了缝合被犁铧撕裂的土地
泥鳅开始客串手艺高超的裁缝
把干涸的冬天缝合成一片如镜的水田
把破碎的忧伤缝合成一片明丽的春天

然后绣两只白鹭在田野上翩然起舞
绣梳妆打扮的垂柳一脸惺忪和绵柔
绣一树桃花纷纷醉倒，溅起一池妖艳
绣一群鸭子追逐水牛身后苏醒的蝼蛄

泥鳅便一条又一条从时间的指缝滑走
像一节又一节裹着油而又如水的固体
越想使劲捉住却越难以留住
溜走的其实是那渐行渐远的童年

飞在风里的纸飞机

当飞机倾斜时
整个天空也同时倾斜和打转

当飞机起飞时
像把切蛋糕的刀将天空划成两半

当飞机滑翔时
整个折叠起来的童年也飘荡摇晃

当飞机坠落时
夕阳和笑声像爆米花撒了满地金黄

第一只纸飞机
是父亲折的慈爱，放飞在乡村晒场

最后一只折给自己的纸飞机
是高考后的青春躁动和莫名伤感

如今，再折纸飞机
就像秋来，将夏装收藏
把当下悄悄藏匿在孩子记忆的书页
待孩子长大，当孩子也老时
有一本可供反复翻阅的相册

农夫之子

在春天，我耕地，然后
把那些词种在土里
把那些话语种在土里
把那些诗歌种在土里
把日月种在土里
把自己也种在土里
看看究竟能长出点什么

孤独发芽了
芽是一种啼声，像布谷鸟的叫声
接着长出寂静的叶子
幽暗的叶子，滴着水滴
微笑是一种花朵，吸引蜂蝶和虫子
愤怒是果实
核是颗坚硬的心脏，深藏着希望

是的，我在春天翻耕着泥土
我不清楚，未来是否有收获
我曾遵照爷爷的遗嘱
将他埋葬在故乡
像一粒种子，种在土里
结果每到清明或忌日，我在异地
总能收割一大包裹沉甸甸的乡愁

云上村庄

上山的路被践踏了千年
铺的石头很溜滑，是牙
咬坏多少双鞋底和脚丫
仍然没被踩平，倔犟得
比夕阳再往西倾斜 3 度
目光很陡。一条风筝线
放飞着一个古老的村落

秋天，一场火灾把枫林焚毁
一地红色的灰烬。试图阻挡
思念回家。有一些红花，不听话
在记忆层层叠叠的黑壤里
不分季节地持续盛开
只开不败。红叶愈加颓废
导致所有的相思割腕自杀

躲藏在白云深处的村庄
像块老腊肉，被岁月熏黑
用白毛巾和泉水反复搓洗
仍擦拭不亮。黑夜如土布，落幕
山的灯盏是村庄，点亮整个山麓
照亮游子的乡愁和归途
那是故乡，拧一把，滴出来的都是雨

草　垛

垒在村口和牛棚里的金黄
是大人们抢着收割回来的黄昏
和秋天沉甸甸的微笑
是砍倒后扎成捆的阳光
是一种隔夜起床，清晨第一眼
就能够看见的安详和温暖
很多人已不习惯地里生长出来的黑夜
不习惯黑色的火苗里焚烧着的思念
不习惯炊烟，熏晒着乡里孩子的童年

后 来

这条普头河究竟要绕开多少山隘
翻过多少沟坎，把自己拧成麻花
才能滚入珠江的怀抱。拜见大海

杜鹃在年少的崖边火冒三丈
大把大把的春天被肆意采摘
夕阳在牛背上憧憬着远方和未来

梅子被雨煮熟，洗净溪旁野菜
百玩不厌过家家，一而再，是侗寨
明明是两小无猜，却学电影谈恋爱

燕子懵懂，蜻蜓迷茫。不明白
究竟什么是爱，什么又是不爱
只把一份表白在心底深深藏埋

鹰雁各奔南北，淹没在人海
各自拼命找寻属于自己的男孩女孩
但所有的遇见却都没有你怪和坏

再没有青春可以无节制地挥霍和出卖
伤痕累累为何却是肺和腮
填满天空的总是绵绵细雨和挥不去的霾

常在城市黑夜里独自徘徊
似乎一切都活得很失败，恨不得推倒重来
才发现，原来前世的后来就是现在

用一首诗想你

翻开祖传的武功秘籍
早早地偷学奇门遁甲
一知半解就跃跃欲试
逃离坪阳乡
远离普头河
绕开湘西
把口里的侗话吐尽
剥光身上的山和水，穿上汉服
剔净口音，说音韵不准的普通话
蜷曲在城市的角落。渺小

近年来，我才发现
在童年就已被下了最毒的蛊
无药根治。每当下雨就隐隐发作
从体内发出布谷鸟的嚎叫
把我从梦中一次一次唤醒
你在我心中种下一粒种子
如今已发芽长出一株寄生植物
一个兼职做业余诗人的医生
诊断我说：病不轻
有一种病就叫乡愁

我没法在一首诗里

想你。因为你就是诗
而我却在诗外。被放逐
在北京今年的第一场雪里
在车来车往的街边
我将手捧刚烤熟的烫红薯
站在寒风中，想你

故乡的痛

布谷鸟在春天叫了一声
满山的杜鹃花也跟着起哄
此起彼伏。水抚了下琴弦
山，哗地一下，脸全羞红了

蛐蛐儿在秋天叫了一声
故乡也在远方跟着应了一声
月亮是个被捏破了的疮口
很多脓血和忧愁挤了出来

城市的地铁是块磨秃了的砺石
磨着一颗蹦跳的心脏
很严重的类风湿
总在夜深人静时悄悄发作

灯亮灯灭，花开花落，车来车往
东奔西颠。像只纺梭
编织着这座城市的三维立体
却是什么时常致使夜夜失眠

乡村是根稻芒，刺着脊背上的骨头
暗藏在床板和垫絮间干草中的跳蚤
冷不丁，就会出其不意跳出来
狠狠咬一口，然后迅速消失，了无踪迹

村　庄

仍然在白云深处躲藏

挪不开步子

执意不愿跟随我

走出大山的村庄

是一粒深褐色的棉籽

种在我的心里

伴我走天涯

每到春天

就在梦里发芽

每到秋天

就结出一团柔软的棉花

像云朵一样柔软的愁绪

空空的，满是空气，满是水分

枕着我的神经衰弱

枕着我的夜夜失眠

乡 戏

娥子姐姐扮演的秦香莲
在台上哭
婆婆抱着我坐在自带的木凳
在台下哭
我看着秦香莲和婆婆哭
也跟着哭

演完戏，姐姐刮我的鼻子
问我为什么哭
我说看婆婆哭得可怜
跟着哭
这戏婆婆看过百遍，百看不厌
每次看到秦香莲哭就止不住地跟着哭

婆婆也是娥子姐姐的婆婆
婆婆是妈妈找的乡村保姆

山高路远

总是想不明白
山顶上的月亮
为什么总是那么小
像一枚熟透的野果
等待采摘

总是想想明白
通往山顶的小径
为什么总是那么曲折
待爬上山顶
月亮怕是早已躲藏起来

角　落

那可能是最荒芜的地方
比如连雨都从不愿光顾的沙漠深处
那可能是最黑暗的地方
比如灯座之下压着那小块灰尘
那可能是最寂寞的地方
比如不知什么时候留在书页上的一道折痕
那可能是最狭隘的地方
比如2500年前溅落在德摩比利隘口的血
那可能是最安静的地方
比如城市公园的某处杂草丛生的树荫
那可能是最私密的地方
比如男人女人身上最见不得阳光的痛和痒
这世上有太多事情需要倍加关注和津津乐道
比如绯闻和某人的内裤
比如愤怒、不公、爱国和天下之大不韪
其实，很多角落都与你我无关
就像你的角落无关于我
我的角落无关于世界和人类

稻草人

同样穿衣戴帽有手有脚
胸腔里却没有心脏
头颅里没有脑
眼睛无神，嘴无法呐喊
手无法捕捉，脚无法奔跑
从头到脚全是无用的稻草

白天，守望朝霞和夕阳
黑夜，守望虫鸣和月亮
守望季节的轮换
守望农人的温饱和倔犟
守望雨和鸟儿的飞翔
坚守着田野中最后的一份凝望

风在唱一首歌

输进静脉里的是一种透明
秒针一样的滴答。愁绪
融化在液体里的一股风
在血管里奔腾
洪水在心脏里欢唱。疗伤
故乡仍在远方
春天来时，布谷鸟又会
将风嚼碎，吐成丝
将风撕成一缕一缕的思念
编成一条青草长辫
在田坎上驱赶牛羊和冬天

回　家

如果从未远行去追寻梦想
是否偶尔也会迷失方向
找不到归宿，指望布谷是灯盏

从某个地方起步，日夜兼程
不任风雨暑寒。人生的原点远远
是什么仍让你念念不忘，时常回望

家是家，家乡是家乡
为什么在口中常混淆。分不清
哪个分量更重，哪个更为重要

年年过年，年年想到回家
为什么是"这"个时候。而平常
只是拼命想她，却又逃避回家

游子仗剑天涯。凭借脸皮、舌头和牙
梦想在远方创建一个属于自己的家
为什么到头来，常眼含泪花

在城里削尖脑袋想方设法升官发财

有人仍在山村坚持淡泊劈柴
逢年过节，都盼着没病没灾

即便你有一所房子，面朝大海
春暖花开。为什么仍然觉得
这只是一所房子，并不是真正的所在

有人告诉我：她在哪，家就在哪
问题是家在哪，她不一定也在家
我心中始终是自开自落的一片桃花

寻　香

我怀念坪阳乡泥土的味道

我怀念普头河河水的味道

我怀念紫云英混杂着油菜花的味道

我怀念田坎风吹新鲜牛屎的味道

我怀念咀嚼杜鹃花瓣舌尖上的味道

我怀念雨落屋檐下的劈柴在火塘噼啪燃烧的味道

我怀念苦笋炒腊肉的味道

我怀念松菌肉末汤的味道

我怀念红苋菜汤泡饭的味道

我怀念乌米饭、油茶和糖姜的味道

我怀念空气里弥漫着的红薯酒和泡菜的味道

我怀念你头发上用菜籽油渣洗过的味道

我怀念你新衣裳蓝靛草的味道

和你残留衣裳表面油茶花花粉和花蜜的味道

我怀念没有李白、杜甫和王维的时光

我怀念背不全九九乘法表的时光

我怀念梦想系上红领巾的时光

春天，我在北方城市的沙尘和雾霾的味道里

寻着标识在梦里迷宫的细线，若隐若现

摸索着回去，闻着几十年前侗家乡村的味道

每一个海螺里都藏着一个大海

小时候，在坪阳乡的时候

父亲去海南出差

挑回来一担椰子

还有一盆珊瑚和一只海螺

当我把海螺凑近耳朵

有噪音袭来

父亲告诉我

那就是海潮的声音

所以我一直以为

每一个海螺里都藏着一个大海

直到多年后

走出大山

见到真正的大海

才意识到

海螺只是一张旧唱片

录制着音响，没有保留下图像

一根线

一头牵着你的手，一头牵着风筝的翅膀

一头连着开关，一头连着灯盏

一头连着北京，一头连着故乡

一头牵着过去，一头系着远方

一头是现在，一头仍然是春天

一根线就是大漠里升起的孤烟

一根线就是巴颜喀拉山顶水滴滚落的足迹

一根线就是钓竿到鱼饵的距离

一根线就是蚁群从巢穴到食物的连接

一根线可以把整座山的脊梁压弯

一根线可以把整个咆哮的海洋捆住

一条线可以将天与地截然分开

一根线就是一碗热气腾腾的红油长寿面

一根线就是一件手织羊绒衣

一根线就是一本书开头至结尾

一根线就是流星最后燃烧的过程

一根藤蔓，开着无数花，结着无数瓜

一条路，踩着开始，猜不着的永远是结局

网络和微信，一头连着你，一头连着我

手持平衡木，高空走着钢丝的雁

撕裂苍穹的闪电

天堂与地狱往往仅一念
人生太多的疼痛、迷茫和眷恋
结友何需多，腰间无剑
命悬一线，谁会真正及时出现

第二辑

对春表白，简单一字：爱

孵化春天的野鸭

如此不辞劳苦，长途跋涉
千里迢迢地昼夜迁徙
难道就为了这条冻僵的河
一条冬眠的蛇

吞食太多黑暗和寒冷的河豚
内心创伤，皮肤上长满刺
已不再相信理想和爱情
卵巢和肝脏里储满剧毒

湿地和岸上的青蒿格外茂盛
苦，已被收割，并被乙醚提纯
芦芽很短却很甜
却已无人再用来做食材

最早盛开的桃花只有三枝
两枝已送给苏东坡，留下一枝
请按诗人的要求转送给我
冰已开始融化，我已将春天孵化

我愿意与春天做一次爱

面对春风、青草和花朵
面对溪流、星星和松明火
像发情的田鼠
我愿意与春天做一次爱
生一堆调皮捣蛋的孩子
在田埂上玩过五关游戏

我还将从中精选出七八个
比蝴蝶还漂亮的顽童
遗传有春天的优点和长处
组成一支广受欢迎的乡村乐队
驱赶他们像蜜蜂一样
在菜花地上跳舞和摇滚

藏不住的春天

是的，是我在学汉武帝
把春天藏在园子里
藏了一个冬季
很私密。即便燕子
也没有渠道能刺探到消息

藏得很深，我足不出户
路上长满荒草和青苔
柴门虽设，却常关
我断绝了很多交往和拜访
以为能守住你，就能守住心

那枝红杏是笑声，是你的红唇
是你惹是生非的乳房和臀
是你学会穿墙术的吻
到处堆积着易燃品，火烧连营
被你轻易点燃，让我无处逃遁

抚摸春光

夏天已将我的羞涩焚烧殆尽
秋天已将我的思念拧干晒透
冬天已将我逼得走投无路
我已不再是那个
在你面前缩手缩脚的懵懂少年
我的内心比强盗还混蛋
我的胆子比流氓还强悍
我的眼睛里寄生的虫草真菌
长出无数只温柔的手，伸向你
抚摸你的脸、脖子和长发
抚摸你的手、臂膀和胳肢窝
抚摸你的脚趾、腿和翘起的臀
抚摸你软软的腹部和耸立的乳房
肆意抚摸你的湖面、河水、风和心跳
肆意抚摸你的平原、山峦、椿芽和禾苗
没人有权力擅自拘禁、问责和审判我
没人敢辱骂、诅咒和嘲笑我
没人能判我有罪
除了你，我的春天
我的女人

春花怒放

映山红在山里到处放火
桃花在城里到处放火
樱花在玉渊潭到处放火
春天。纵火犯纷纷越狱
屡教不改。迫不及待地再次作案

春雨是最尽职尽责的消防员
试图扑灭已燎原成海的欲望
但俗话说得好：春雨贵如油
一场春雨就是一层油
那哪是在灭火。明明是火上浇油

等待春天

冬天，我把北方
每条患了绝症的河流
冰冻。等待来年春天
复活。燕子归来时
我会嚼碎每一块坚硬的石头
让每一块石头跟着我的激情
在河床上翻滚和跳舞
让每一块石头在水中燃烧
漂流到海
化为沙尘和灰烬

心灵春天

这只是约定
不管时间如何奔流不返
季节如何往复循环
你在前世来生蹦跳抵抗
我在时间之外
我在轮回之外
在你命中注定途经的路上
种下一片桃林
拒绝夏拒绝秋也拒绝冬
坚守着一片春天

春风拂面

你一推，我就倒
如积攒多年的多米诺骨牌
想不到，竟然如此轻易地
被你放倒。竟然仍如此地
弱不禁风。像多愁多病的林黛玉
像饱读诗书而屡试不第的穷秀才
像秋风中的那枚摇摇欲坠的月亮
像佛前已燃烧得泪流满面的蜡烛

你是风。偶尔吹过
我固执地坚持我不是被你打倒的
你是一缕因我而被打捞起来
旋转于青萍之上的柔软
在你面前。已被揉皱的我，像一张纸
像一潭水。轰然倒下。碎成一地月光
碎片被岸刻意收拢。像一只雀
站在柳枝上。意外中弹

于是，我的心跳裸露在外
扑腾。扑腾。响成一片
到处都能听见杜鹃的歌唱

春天的马蹄声

马蹄声碎，没想到会
碎得如此心碎。粉碎
惊醒草原和森林的沉睡
桃花如酒，一看就醉

春雨顺着闪电的漏斗
筛成细末。汪洋一片
花儿一朵朵从地底浮出
马群奔跑而过留下的蹄印

断裂。坍塌。动静很大
天空发生大面积泥石流
雷声尖锐，反抗暴发
炮弹出膛。仇恨积压

燕子像一小块弹片
斜斜地飞来
击中我的眼睛
造成严重的内伤

想试着学杜鹃
很古典地咯一口血
马蹄声碎
喇叭声咽

春天的诗行

每一个芽都是一个惊叹

每一朵花都是标点符号

每一株草都是一个字

每一棵树都是一个词

每一种色彩都是修辞

每一丝声音都是交响

每一滴融化的水

都是一个隐喻

每一丝微风

都暗藏甘甜

每一滴雨

都会导致意外怀孕

每一只飞翔的燕子

都驮回一片温暖

冬天在迅速苍老

头上堆满雪样的白发

春天在迅速成长

异服奇装，花枝招展

你是我的诗行

我是你的署名

你和我手紧牵着手

才是一首诗的副标题
不多不少，不长不短
春天这整本精装
被仅仅一首长诗挤得满满

一帘春晓

把一帘方方正正的春天
囚禁在窗外
把布谷鸟的哭声
关在柳树围成的笼子里
让深夜仍然找不到家的花朵
自残。一朵一朵把自己扯碎
撕心裂肺
泡在突如其来一场江南雨里
就像隔年泡在酒里的那对蛤蚧
专治风湿
可为何疼痛的
却是窗前盼归的那双眼睛

春

蚯蚓钻出泥土，用柳条
在天空编织春梦
蛇从冬眠中苏醒，用雨水解渴

马蹄是春姑娘的私章
青草是印泥
马野跑到哪里草就疯长到哪里

燕子是音乐指挥家，指挥迎春花
樱花梨花白玉兰和丁香大合唱
高分贝的姹紫嫣红唱聋了我的眼睛

桃花把自己打扮成新娘，站在路旁
一副楚楚动人的模样。清风徐来
所有的花朵不约而同都突然未婚先孕

喝一杯新茶，品尝清明的味道
诗歌纷纷在枝头发芽
大雁驮着希望从北边飞回来

登高远眺，暂时远离电脑和手机
为什么还有人会感染古人的结核病毒
在楼上咳嗽。学杜鹃咯血

旷野之外，躯体仍然不愿意回家
还在流浪。而头颅早已躲进图书馆
手指却在键盘上飞奔。上网

夜里，几个朋友在吃火锅。饮酒驱寒
讨论灵魂是否真的存在的问题
心境好时，据说灵魂有 21 克
这是一根羽毛重量的几倍
因而灵魂从来就不会轻如鸿毛
喝醉酒的鬼魂听此妙论，在一旁呵呵大笑
我和朋友对鬼魂的笑声充耳不闻
因为鬼魂不需要逻辑也不懂推理
我们从来就不相信魂灵会说话会笑
我们从来就听不见灵魂的声音
我们从来就害怕感受魂灵的呼吸和存在
而魂灵站立在我们的阴影里。瞬息不离
时刻监督着我们的呼吸和存在

春天的气息

杜鹃凄厉

冬天被撕裂

剖腹产

春天诞生出来

山花灿烂

产妇流淌出来的血

婴儿的啼哭

锣鼓喧天

鞭炮齐鸣

热热闹闹

惊醒了山

惊醒了水

煮沸了乡村新年的喜悦和庆贺

春　雨

没见过如此柔软的雨
被精心筛过
被细致滤过
被沉淀蒸馏过
淅淅。沥沥。淅淅
很细，像粉末
很纯，很多情，很轻
风在蹑着脚尖走路
毫无杂质和异味
下在路上下在河里
下在树上下在窗外
下在床上，一夜间
所有的梦都发了芽
下在心间，百孔千疮
一万条蚯蚓同时苏醒

爬满春天的小院

那些冰块是冬的魂
有着重量和形状
正在消融。从一种透明
转化为另一种透明
一种能被手触摸的温柔

躲藏在草丛冬眠的
小蜥蜴。居然没冻死
拼命在院子里爬
将去年的足迹。回忆
再一一重走一遍

一个疯姑娘
忘记了如何躲避阳光和忧伤
一只流浪猫
在放声用针扎进春天的穴位

春天暗藏一场血腥杀戮

犁是一把刀
锋利的手术刀
与牛合谋。古典的酷刑
切割一片静默的土
一刀一刀尖叫
布谷鸟吐在花瓣上的血
3600刀，不到最后一刀
我绝不会让冬天轻易死去
每一刀都能痛不欲生
每一声都能抵达心脏
一个职业刽子手
不同于世俗的道
千刀万剐
一片片血一片片桃花
一块块泥土并不是烤鸭
在犁开的岁月和记忆中
翻捡着一段隐姓埋名的春天

早　春

寄赠春天的诗行

我已写得太多太频繁

以至于被人质疑

我是春天潜藏在人世间

最后一个隐匿的情郎

秘密警察，追捕我多年的春风

正在挨家挨户重新密集搜查

务必在二月底、四月初前

将我逮住、捆绑，押上法庭审判

细数罪状，铁案如山

让法官和陪审团当机立断

死罪可免，但至少终身监禁

避免同案再犯，乍暖还寒

花开万朵，欲火燎原

春光明媚的地方永远不会是刑场

　"不能让诗人过度忧伤

不能让诗人轻易死亡

春天才能重返"

春天，为你写诗
——赠詹超

春天，我们喝酒
并让春天喝着我们

春天，你从南方来
穿过北京城
由北向南穿过马连道
穿过一条街的四季和茶香
穿过二十多年时光
找一家湘菜馆喝酒
你还是当年那样青春年少
开怀畅饮。一瓶不够
再开一瓶，喝不完我带走

春天，我们喝酒
并让春天喝着我们
当我们醉了
春天也跟着我们烂醉如泥

春暖花开

潭是桃花的坟场
树舒展着枝条和腰杆
站成心事一桩一桩
春天一来，我就止不住
焦虑、沉醉和心伤
我就止不住心跳加快
像个从没谈过恋爱的处男
突然邂逅了妖艳
和以为永不会熄灭的暖
不同于以往的寒
那渐行渐远的是李白的船
一去永不复返
留下来刻意陪我的
是汪伦的空床，和床边
像旧瓷器
碎了一地的月光
窗外，好一大片绸缎
被春天如此繁复
如此用心地
绣着如此多艳丽的花瓣

寄 春

沿着山涧　眼中枯萎了的
一朵一朵野蔷薇竞相盛开
我的竹排上
　　插满了回归的红枫
我渴望驶出这白皑皑的冬

待思念冰消之后
我想我可以　把
一个完整的自己
交还给你

你就是　我的岸

三 月

约好的时间到了
沉重得已拎不起的
一条湿毛巾。长江
拧一把，全是水
全是雨。整座扬州城
都已躲进烟雾里
根本看不清着陆跑道
整个春天都在紧急迫降
所有的应急灯盏都点亮
桃花点燃了红色火把
梨花点燃了一片雪
把所有储藏的相思和忧愁
全部搬出来焚烧
惹火烧身的是你
是阳春三月
一碗刚出锅，热气腾腾
江南做工精细的银丝面

命中春天的高铁

一支利箭，呼啸而去
从常州朝着北京的方向
从江南重返北方
穿过湖泊、河流和麦地
穿过青山、平原和油菜地
穿过桃的梨的杜鹃的花海
时速超 300 公里
一枚导弹贴地飞行
不偏不倚，正中靶心
在一片又一片的惊叫声中
命中春天丰满的左乳房
洞穿春天饥渴的心脏
雨从天而降
大地湿润成一只勾魂的眼睛
在流言蜚语指手画脚中
让一个季节再次倾国倾城

北方的春天

窥见冬天

凶狠地剪了一刀

夏天不甘示弱

也一刀下去

把春天劈成一枚锋利的楔子

斜斜地钉进北方的土地

让那些花朵和绿叶

像油水

挤榨了出来

淌满山坡和城市的缝隙

四月的马蹄声

春天的马蹄
如此孔武有力
在楼上
在窗外
在瓦楞上
在天上
奔跑。是马群的声音
是马蹄铁摩擦天穹的声音
是赛车高速绕开避雷针的声音
绕开那些刺进天空的剑
戈。戟。子弹和炮火
城市的上空千疮百孔
躲避一场突如其来的雨
雨也在躲避我
躲避一朵花开
的声音。被
迎面飞驰而来的
地铁，碾碎

春天已悄悄离开

看一个女人的老去
就像看一朵牵牛花在清晨的露水里盛开
看一个女人的生病
就像看一抹春天的残雪在暖阳里悄悄融化
看一个女人的衰弱
就像看一枚红得像小太阳的柿子在树梢上摇晃
看一个女人的逝去
就像看一尾鲥鱼在突如其来的洪峰中回归大海
看一个美丽女人的离去
感觉自己的心脏就像冰激凌含在红唇
一跳一疼，血流不止

看着这个女人，就像看着镜子里的自己
隔着一层眼前触手可及却又无法穿透的透明
看着这个女人的美丽，就像看着风中飘荡的风筝
隔着手中一条可以伸展到天堂的绵绵丝线
头发早已被时间轰炸成一团爆米花
目光在水滴干涸的最后一刻瞬间枯萎
隔着咫尺也隔着天涯
我感受到玻璃背后那一丝已高烧 40 度的忧伤
温度尚在，但已超出正常范畴

沸腾的热血早已被光阴酿成一杯葡萄美酒
颜色尚在，但已无往昔腥臊味道

春天悄悄离开之时曾给我留下一封情书
时隔多年之后我在整理书架时
从一本满是尘埃和霉香的书缝中翻出
那是一些关于黑夜、月亮和油松火的故事
那是一些关于笑声、山泉和野果的琐事
那是一些关于黑米饭、油茶和蝈蝈的记忆
那是一些关于妖怪、灯笼和火灶的传奇
她说，当你长大，远离故乡，会重新记起

会记起什么呢，时光的霜锈已爬满老南瓜的表皮
唯有牵挂，被冻成一节细细长长的冰柱
轻轻一碰，便碎了满地
像古人的肝肠，寸断

屐红高跟鞋的雨

雨苏州

这是二胡拉出来的窄窄深巷
这是吴侬软语吟出来的沥沥细雨
这是评弹唱出来的柔柔平江路
这是昆曲咿咿呀呀出来的弱弱苏州
这是狐笔淡墨点染出来的烟花江南

小桥依旧在，依旧轻轻驮起弯弯娥眉月
路旁古井还在，还在盈盈盛满古人离愁
流水依旧在，从宋朝的涓涓词韵流成现代满河的浑浊
河边码头还在，却寻不见昔年浣沙少女的婉约和回眸

粉墙黛瓦依旧在呵，且登绣楼
品一杯热气腾腾的香芋奶茶
听画窗之外的雨声和寂静
回味一缕飘逝已久的香甜与苦涩
拙政园狮子林依旧在呵，且钻弄堂巷口
买一杯加糖炭烧咖啡，坐看人来人往
翻咏几句湿漉漉长着厚厚霉菌的唐诗
让匆忙的脚步沾些泥泞，暂且停驻

挂在绿润润的柳树枝上八哥鸟
像那旧时的江南名妓，对着

喝惯红酒的洋背包客
久客居海外的老侨民
缺少忧伤情怀和潮湿心境的北方商人
忘情地问好：你好，你好，能不忆江南？
江南好，风景旧曾谙

寒山寺的钟声有多远
白居易是不是仍靠着一枚杨花旧枕在他乡做梦
喝惯了江南米酒的李白和柳永是不是又沉醉不醒
《牡丹亭》《西厢记》仍然在那些古宅深院里发酵
故事和传奇依然在角落里，像芍药
红一年又红一年，肆意盛开

好一场久违的雨
好一条湿漉漉的平江路
好一个雨中的苏州
好一个打着油纸伞的江南
被我紧紧抓住握在手心揽进怀里带到北京
轻轻展开，像展开一幅软软的苏绣

雨的轮回

海究竟有多强大
海究竟有多暴力
不是遨游在水中的鱼可以想象的
也不是翱翔在海面的鸟可以猜度的

因而那些拼命挣脱海面枷锁的水分子
先乔装成空
　　　　无色

　　　　无味

　　　　无影

　　　　无形
刻意在太阳底下玩失踪
然后乔装成烟
　　　乔装成雾

　　　乔装成云
升腾而去，随风起舞
纷纷活得很自在很自我
以为天堂里存在自由
以为天空就是自由

然后开始周游世界

然后开始跑到千里之外
远离海的地方
远离你我的地方
开始聚结抱团
开始策划网络暴红的路数
寻找某种自杀式坠楼的轰动

当雨从比百层高楼还高的地方
纵
身
跳
下
来
恰巧被我伸手轻轻接住
我并不认为这一滴雨
就是曾经流出我的心脏
后又化作一滴汗珠
从我腋下毛孔里逃逸出来
最终背叛我的那滴鲜血

暴雨来时，凡事都别太认真
最重要的是先设法躲雨
或管它有用没有用
索性囫囵接它几盆子雨
暂时贮存在眼睛里
以便大旱时节
也算一个富足的人
挤几把热泪

捐给因干渴而张大嘴巴的土地
或者领养几只因饥饿
而嗷嗷待哺的杜鹃孤儿

或暂时贮存到血管里
若将来因突发事件
例如阿尔茨海默病
群体性爆发等不可抗逆原因
植物纷纷失忆
丧失多年积累的年轮
蚊子纷纷退役
不再驾驶轰炸机
河流终于失语
语言纷纷蒸干成盐
这时，万不得已
也许还可以割开血管
让心脏和喉咙
顺着血管冲出来
让心跳的节奏，像蛙
在体外鸣叫

雨中忧伤

北京下雨，有时大有时小
不管大小我都躲在屋里
躲在屋里看花
看花在窗外，哭泣
花也在屋外看我
看我在屋内，哭泣
花和我隔着薄薄的透明的窗玻璃
对视，相伴，陪着天空一起落泪

窗外，打着伞的树站在雨中
披着雨衣的路灯站在雨中
被淋湿的时间站在雨中
被泡涨的思念站在雨中
凝视过我的目光化作一道闪电
喊着我乳名的声音化作一声惊雷
记忆被洗成一张字迹模糊的纸张

时光在雨中长满了苔藓
青春在雨中爬满霉菌，像豆腐
经岁月的发酵
酝酿成一块腐乳

待老时夹出来细细品尝
总有一点点的软
总是一点点的香
仍是一点点的咸
还有一点点的伤

那些经年不愈的伤，像水垢
经年累月地积淀在身体里
或深藏在内心和血管
终因某次意外致命的痛
旧病复发，新仇与旧恨
堵塞血管或梗死心脏

或溢出体外
长在皮肤上，开成花
花开在皮肤上就是疤
开不败洗不掉也忘不了
标注一生
前世的疤是胎记
今世的疤却是今世的痛

雨肥风瘦时，在北京
拿什么可以消解忧愁
或许菊花与剑
或许一本旧书和酒

太阳雨

把阳光拧成
一股股麻花
下油锅

把水分拧出
把潮湿拧干
把忧伤拧尽

炸出一片金黄
炸得一片酥脆
炸成一片灿烂

不是所有的炸
都是恐怖事件
不是所有过油
都是垃圾食品

雨中登天柱山

我来时　你站在雨中
站在这初秋的蒙蒙细雨中
站在一袭浓浓的挥之不去的雾霭里
静静地站着　一声不吭
我没来时　据说你一直躲在阳光下
　　不肯哭泣　拒绝忧伤
你就这样固执地站成一座山　为我
站成一座亘古不变的名山
这突如其来的相遇和初识
这突如其来的泪水和幸福
有理由让我深信
这泪水独因我的到来而流淌
只为打湿我的那双旧鞋

我来时　李白早已与七仙女结伴离开
唯留下诗歌　在山上
唯留下诗人巨大的脚印　在山脚
脚印里蓄满了诗人淡绿色的忧郁
和软软的黄梅小调
我来时　张恨水也已离开
带着一壶炼丹湖的水　研墨

带着卸去古装乔装成时尚民国女郎的二乔姐妹
带着湿漉漉一札章回小说
从山脚一直连载到了遥远的北京

在我来前　杜鹃花早已长出天使的翅膀
悄悄飞走
根却顽强地提前冬眠在岩缝里
等待　等待来年春暖
等待燕子从衡山把这座山的灵魂衔回
山道旁站着，坐着，躺着
满是累得已走不动的植物
和长年隐居于此的古松　固守着
一种长生不老的姿态和千年不变的信念
　　　试图感动我

我曾站在千里之外　仰望着你
隔着唐诗和宋词
隔着夜色
隔着时间
你是一团遥远的月亮
睡在嫦娥的怀里
我走来　向你走来
我从遥远的北京走来　缓缓走来
当我站在天池峰顶上凝视你，如此近地凝视
你却对我视而不见
因为我站在雾里
看你　而你却在雾外　或是
　　　你站在雾里看我　我却在雾外

我们久久对视

隔着雨

隔着雾

隔着某种灰白色的相思

努力向对方张望　却什么也看不见

我站在山顶上

我站在山脊上

我站在祭岳台上

我站在雨里

我站在雾里

我站在一种激情和冲动里　喊你

放声喊你的名字

放声喊：天柱山——我来了

我期望你能答应我一声

但是除了我自己的阵阵回声

你始终静默不语

就似我从不曾来过

听雨随想

蛙鼓和虫鸣　都躲进
密札札的雨里　静默

梦被人捉着领子
面色苍白地扇了一耳光

苏醒　撕碎了的星星
滴落在墨黑的天幕上

惶惑地号啕大哭　晕灯外
抽泣的玫瑰　幽幽叹惜
愕然了窗内听雨的眼睛

所有的忧伤和追悔
都替代不了
这把秋裹进春
又把春茧成秋
那阵刻骨的蛹动

怅然中　唯有
一种破壳淋雨的冲动

雨夜情丝

雨发轻漾时　触觉的纤毛
猝然长满脸颊
在你最动情的回眸之后
我知道　你会
走出我的弯弯花巷
会以最迷人的身段
漂进我的悠悠忘河
你最后的好心　就是
让我从此挣脱　那丝
苦苦甜甜的牵挂么

可是　总有些拔节的相思
无家可归地躲在
湿漉漉的街灯外　夜里
就叭哒叭哒
可曾惊你的春梦

画船听雨

湿漉漉的夜半钟声传来
听得见听得懂的　已杳
我依旧是当年的那名船客

船里灯红酒绿
船外雨声潺潺
我把船里的 OK 卡拉
带到很古典的船外
长不大的船长得大的河
都无忧无虑

我站在船舷上　躲雨看雨
有人在梦里么　躲我看我

没有月和星的夜灯火灿烂
记忆纷纷妩媚地醉在水底
潮涌鼓岸
捧是捧不起了
能捧起的唯有昔年那缕心痛的呜咽

听　　听　　听
船顶　风铃　倒影　滴答
这年头听雨的人已不多了
能把持住少年时冰洁心境的人呢
虚化了的夜色和雨化了的城市多好呵

城市不远
在桥那头
桥下是船
船下是水
水下是我
被三两点雨
　　轻轻轻轻轻地敲碎

夜 雨

黑夜在烛光微弱的黑夜里黑
菊花在透明的菊花茶怀里肆意妖艳
窗外　雨如春草
　　　淅淅沥沥长满我紧闭的窗户之外
在今夜也在今夜之前　姑娘
我早已站在雨外了
而你依然
　　　还躲在雨里么

天怎么会突然伤起心来　在十年前
在那个不可思议的晴朗星空
一哭起来　就没完没了
滴答滴滴答　再也没有停过
却把那段短如绸缎的时光
　　　淋得透湿
碰都碰不得
不小心一碰
便是一把急促的雨声
是一丝揪心的疼痛

而我的眼睛因这雨声盛开成美丽的毒蘑菇

我的心也因这无止境的湿爬满毛茸茸的霉菌
我患上了久治不愈严重的内风湿病

沿着泥泞依旧泥泞的老路
我来来回回　回回来来　寻了个遍
找寻那把也许还没被雨水泡走形的油纸伞
可怎么找也找不回了
因为我不再像少年时一样痴信奇迹
我只看见　在雨中
一朵芍药花拼命地红着
蹲在地上尽情地哭泣

那是一位穿红裙子的姑娘
她丢失了什么？如此伤心
我不敢问　怕这一问
会把那无可救药的病传染给她

我究竟在哪儿将你错过？
我怎么会把你错过？这雨
等你
可是我今生唯一的工作呀
即使你真的不会来

江南的雨

好大一场雨，下在梦里
下在北京西郊的梦里
先是急，后是泣
沥沥淅淅沥
哽哽咽咽哽哽
像那个熟透了的江南小女人

早上醒来，将湿透的相思
像拧旧毛巾一样，使劲拧
居然有点淡淡的馊味
有点汗味，有点霉味
居然藏着哗啦啦一把雨水
将大半个枕头也淋得精湿

雨的舞蹈

也不套上防滑鞋
雨执意要踩着鼓点
在一把油纸伞上跳芭蕾

灰扑扑的小巷是一首诗
因一袭旗袍的穿越
显得格外潮湿

江南的记忆
淌了一地
出墙的红杏开得满眼迷离

雨　行

没有灯
　　和星
　　　的深夜
许多人躲在雨外
许多眼睛踩着我
踩得我伤痕累累
　　闪闪烁烁

踩得我
　　很泥泞

雨的感觉

雨脚　悄悄　悄悄而绵绵
悄入江南采莲少女的梦里
润一双天真的眼睛　不谙世事
浸得个酥酥醉醉　泪泪滴滴
那会吟绿肥红瘦句子
　　的小嘴儿呵
轻轻　轻轻　唤着谁的名字

油纸伞　湿丁香的
油纸伞　戴望舒的
油纸伞　滴淌着缕缕记忆和思念的
油纸伞　吱呀一声　猝然撑开
撑起一种避雨的感觉

躲避雨也躲避春
躲避春也躲避梦
躲避梦还躲避一个人
躲避那个在夜里　从窗外
从窗外的石板路上
悄悄　悄悄远走的
不曾让人刻骨记起的

某个恋人

积攒一冬一冬的情愫　化作
这了无止尽的雨　深深
深深地落在窗外　无声
无声的只有窗外　浅浅
浅浅的荷塘

烟雨江南

多年没见面的表妹
突然致信，说
自从我离家出走
江南就病入膏肓

每到春季，污染很重
到处都是烟
到处都是霾
到处都是雨

听见你大学毕业多年
是个治污高手，还不回乡
看看。是否还记得
有一个女子，小名就叫江南

像雾像雨又像风

柔情似水，像雾，像热茶
飘荡在杯口
那缕拒绝逃逸的魂魄

言语像雨，声音凝结
像手指抚琴，抚摸窗外芭蕉
抚摸岁月的皮肤

只有时间像风
是狂奔野马暴怒的鬃发
抖落所有的轻，一地春花

是的，我将站在这河畔
看日月星辰一同老去
看尘埃滴落水面
让每一条河流静止时
夜里，都长有一块伤疤
像铜镜，像月亮
像一粒长着翅膀的珠子
照见自己日渐浑浊的眼睛

请告诉我，在雾里，在雨里
在风里，在永恒的变动里
什么才是
没有被关在牢笼里的永恒

雨雪飘零

学柳永
扯开嗓子
喊了八声
居然
把甘州
也从梦中
叫醒

冷雨潇潇
雪花飘飘
哪还有心境
睡懒觉
剑鸣马啸
有一个春天在不远处
厉声呼救

仍然不敢
独自登高
学古人
凭栏远眺
心是壶

还能储多少忧愁
故乡越发渺邈

无关走与留
再这样冷下去
就会把胸中
仅剩的一点宿酒
和苦胆汁。吐净
吐在地上
凝成冰垢

雨落南方

五百个天空在集体跳绳
落地声好大，像雷
五百个天空在跑马拉松
太多的汗水，像雨
五百束目光聚焦在塔尖
撕裂，像一道闪电

石板街道、乡村木屋
被淋湿的山和河
洗褪了的颜色在沟渠中流血
浓妆艳抹的江南
铅华洗尽，仍然是
一张百看不厌的黑白水墨

夏 麦

避开那些麦田怪圈
避开那些规整的让人百思不得其解的
几何图案。避开那些外星人，或神
的启示。麦子们开始唱歌
开始舞蹈
开始亭亭玉立
开始迈开让蝗虫垂涎的修长的腿
集体走秀
阳光下一场盛大的选美比赛
从田埂这头走到那头
从这块麦田走进那块麦田
从这个区域走进那个区域
走遍了北方的土地
于是开始丰腴起来
乳房饱满起来
曲线起来
成熟起来
每一条麦穗都结成辫子
每一粒麦子都用最古老的方式打成绳结
都变成满怀故事的女子

夏　天

用眼睛感触光的柔软
用脚感触土地的坚强
用手感触透明的水
用伞感触雨
用肺感触空气的纯净程度
用汗感触热
用心感触穿着隐身衣的灵魂
用黑夜感触鬼和磷
一盆冬天的炭火
躲过春的扑杀
不曾寂灭，燃得像风
煎煮着整个夏季和蝉声
所有的树木和青草
都简单抵达沸点
荷尔蒙像酒精，或乙醚
通过血管蒸馏出来
让时间窖藏
期待记忆都能转化成醇
狗的舌头比水银还要敏感
车辆是街道上炖不烂的骨头
人人都拖着条尾巴
像火山口一尾尾烫不死的温泉鱼
像苍蝇，在大地阴凉处游走

夏花不语，静静开

喜欢听你用英文朗诵泰戈尔
喜欢静静地看你念
Let life be beautiful like summer flowers
And death like autumn leaves
时候的样子
相对于郑振铎先生的翻译
"生如夏花之绚烂，
死如秋叶之静美"
我更喜欢原版的声调和节奏
那些根本无法译出的部分
情感、忧伤和诗意
想象你嘴唇嚅动吐蜜的感触

那年夏天，当所有的花儿
都无节制地肆意盛开
你不知道，我的心早已如秋叶
在你身后片片凋谢

躲　雨

雨前，热是刚淬火的血

铁在内心闷躁

黑夜被狂风推着

在外奔跑

凉，扯着喉咙

从窗户溢进屋内

分裂成水滴的流淌

开始无休止争吵

我坐在沙发上

看完《地心引力》

接着看《普罗米修斯》

与泥土无关

与盗火的神仙无关

都是好莱坞有关太空探索的科幻电影

深更半夜，雨没停

可睡个好觉

我想，到了外太空

无须躲雨

却满是其他生命危险

离开地球

离开雨

人将更为脆弱和无助

一任半窗疏雨半窗风

雨如针，风如线

穿在一起

声势浩大地

缝补一扇溢满灯光的窗子

针脚密密麻麻

丝线细若毫发

把窗外绣成一幅坚硬的思念

把我软软地绣在窗前

读一本博尔赫斯

一任季节

把芭蕉叶弹成一只古典的蝴蝶

点点滴滴，滴滴点点

迫使一个妖媚的红衣女子

像一支燃烧的蜡烛

从柳永的词里游了出来

呛出好几口清水

用刚学会的人工呼吸

救醒

多雨时节

北京，下雨的时候
我常想
坪阳那么一个小地方
也应该是下着雨的
虽然身处东八区
而童年
和一些未能随身携带的东西
仍然滞留在东七区
两个毗邻的时区
在地图上
其实相隔不远
虽然北京处于北纬 40 度
坪阳处于北纬 26 度
有你在，我想
南方仍然会习惯性多雨
普头河仍然会习惯性漫堤
每一次山洪暴发
就是一次产后大出血
我的心脏
仍然在发生持续性的管涌
一根进
另一根出

屐红高跟鞋的雨

脱掉木屐，或布鞋
裸着脚
第一次被高跟鞋死死咬住
红色的蛇不松口
放任一团火
从足底熊熊燃起
泛滥成一场扑不灭的朝阳

踩住两只太阳
就像踩住两只蹦蹦跳跳的蛤蟆
踢踏。踢踏。踢踏
用鞋跟的尖锐
刺伤每一块青石板的呼救
红木的小锤
指认出暗藏在每一块磬里的清脆

乌云是天空的肾脏
小巷是城市的一根盲肠
雨下下来的时候
让油纸伞像蝴蝶一样优雅地飞

撑起一片空蒙和灰
转接入江南的基因，开始变异
试着改用鳃呼吸

秋天，并不总是忧愁

秋夜爬满你的山丘

今夜，我骑着白马

赶了八百里路程

风驰电掣

回到从前那座山丘

停歇。坐在小溪边。喝茶

或喝酒。听风吹树丛的声音

看一朵花在秋夜里

如何缓慢凋谢

捕捉草丛中星星坠落的碎屑

看夜色如水

看夜色像一只百足虫

如何翻山越岭

你的乳房是一座山峰

为什么今生无论我如何努力

都无法逾越。还有那夜

相约今夜私奔

囚禁在庭院里的桂花树
乘夜潜逃。被月亮察觉
像捕捉从笼中窜出的花栗鼠
快如闪电，伸出手
被捏痛的桂花树
拼命尖叫，喷月亮
一脸口水，一手浓香

朱丽叶·琪夏尔蒂伯爵小姐
你也很香，你的身上
满是月亮的味道
你怎么也躲藏在
这穿着绣花鞋的阁楼上
学李清照，写宋词
我已不再是诗人，妹妹
我是贝多芬，我是罗密欧
今夜，你也不再是你
别让嫦娥仍旧孤独
请紧紧牵住我的手，朱丽叶
让我们一起乘着这夜色
沿着1801年就挖好的密道，出逃

桂花香时又一秋

树在风中突然开口说话
造成很严重的骇人后果
被月亮直接淹没的院子
漂白后的月光，像绸缎
又被靛染得香气浓郁
故乡、童年、家酿的味道
树影纷纷被灌醉
倒了一地。像一地碎瓷片

一只蟋蟀拼命锯开石头
并从裂缝里，用古音
或方言，沙哑地吟唱唐诗
句句押韵。好不断肠
满地都是金属落地的铿锵
一地的碎玻璃，不敢挪脚

醉在井里的星星
和
碎在地上的月光
零零散散。像金屑

清晨都被孩子用手指

一粒一粒尽数拾起

挂在树梢上

藏在树叶里。像谜

秋天故事

山野突发通货膨胀
金钱菊开满一地
开得很野，很混蛋

那些枫树很亢奋
个个充血。直愣愣
像勃起的阳具

没想到你雪白的深处
居然也长着青苔
长着芙蕖。稀稀疏疏

一场雨后
注定是一层凉
那是大雁驮回的寒

我决心把你收藏
不。把你永远埋葬
在我眼睛最最黑暗地方

金 秋

秋天走得很匆忙
在风中，在雨中
踩了一地泥泞
踩了一地零乱
落叶缤纷
那都是秋离去时的脚印

你把背影留给了天空
却把思念留给了我

秋　叶

那些被氧化分解的春和夏
蝉声、蛙鸣，绿色和温暖
饥饿的叶子像头兽。像蚕
见什么啃什么。当所剩几无
索性把自己烤成肉串和鸡翅

连续多日的降温
把整个秋天冻成严重的伤风
内伤很重的树，不去看医生
那哪还是在走时装秀
明明是在揭一张张的膏药

穿过一片枫树林

雁子南飞，你却未回
门前的枫林突发血案
一夜间，又红透

走进这片枫树林
就走进了整个秋天
穿越这片缤纷色彩
就像穿越熊熊火海

我是名优秀的消防队员
身着防火服。毫发无损
可我的内心，早被相思
灼烧成无法痊愈的内伤

落雁总在秋天里抒情

雁驮着霜，南飞。对于北方
不再留念。衡阳，在湖南，在故乡
很多失联多年的同学都在热心筹备
一次盛大的聚会。我有事，不回

乡村西边那座阁楼一定还在
多年前我和你一起捉迷藏的地方
如今想必一定长满衰草
被月光、蟋蟀和野狐侵占

雁的照片似是而非，虽是旧相识
可若干年来，我依然分不清
与鸿鹄，与会跳芭蕾舞的天鹅
雁究竟有什么本质的区别

雁都是士兵。年年军演
在天空布阵。骑士风度，像箭
冲锋陷阵，试图突破时间的罗网
把夕阳杀得头破血流，红叶满地

锦书谁寄？很多人已不再写信也不 e-mail

只有雁最痴情，总用同样的方式表达心事
学老子写"一"，道生一
学孔子写"人"，人不是仁

亘古不变，已没有人听得懂他们的歌声
非物质文化遗产。并不关心有多少人懂
懂与不懂。他们总在春天里歌唱
总在秋天里抒情

伊人何方

蒹葭又都已苍苍
白露又都已凝结成霜
你还在那里，水的中央
翻阅那本叫《诗经》的书
如一朵开得很古典的菡萏

年少的我曾经认定美女都在远方
为了理想，背上行囊，远走他乡
寻找遍天池和天山
寻找遍东海和南洋
终于还是滞留在一座城市里迷惘

我开始问自己，心是否已沧桑
白发几许？是否还存有激情和方向
是否还依旧和登徒子一样
保有一颗不变的好色心脏
依旧愿意与夕阳结伴，漂泊流浪

托付贾岛喂的那匹马已瘦得不成样
枯藤上站着那只寒鸦又开始高声叫唤
张仲景开的那副中药仍然在反复煎熬

被古人传染的胃肠溃疡
明年春天花再开时，是否能彻底好转

曾经独自登高楼的柳永，豪情万丈
根本不把晏殊和强权放入眼眶
如今已很憔悴，瘦如杜甫，枯如拐杖
回首时，才发现，灯火阑珊的地方
从不曾离开，你仍然站在河的对岸

八月，一棵桂花树飘香

秋天很干净，月朗星稀
秋天很安静，虫鸣寂寂
秋天很简单，天高云淡
秋天很素商，气爽风凉
我总怀疑孩子的外公
记错了那年埋藏孩子胎衣的地方
没有埋在那棵红花艳丽的茶树下
而是埋在庭院里的那棵桂花树脚

不然，为何年年阴历八月，桂花怀孕
孩子总闹着追问：是否今年可以乘夜
将我们种的桂花树用火箭搬上月亮
嫦娥种的那棵太老，肯定已被吴刚伐倒
外公喝着桂花酒，饮着桂花茶
笑孩子傻。孩子不服气，争辩：
树在人间，只能香咱庭院
上了月宫，可以香满人间

秋风扫落叶

叶子粉装打扮好后
满脸厚重的油彩
纷纷从树梢
像跳楼，纵身跳下

相对于枝杈，地面
是更大的舞台
在独裁的风统一指挥下
相约跳一曲盛大的舞蹈

演了一辈子的戏
这才是绝唱
谢幕时的最后演出
是血与火的交响

脚步声沙沙，地面摩擦
满眼尘沙。集体奔跑
急行军。却无法看到脚
诠释着一个季节的苍老

集体的舞姿掩埋了个体

一致的嗓音裁剪掉嘈杂

风起时，每个看客慄而不寒

贴身的温暖被风衣紧紧裹缠

与秋共语

把自己装扮得很萌的女子
其实很泼辣。着装艳丽
假象。杀机暗藏。怀揣着剑
比公孙大娘还性感百倍
高压电，眼里的暗器
十步之内取人首级

伤人。血沿山路，滴进巴山
逃遁，顺着李义山的足迹
漫山遍野的罪证。火样的红
夜夜用雨冲洗，也漂不出绿
浑浊了满满一池塘秋水。酸
蓄满的思念和忧愁在发酵

停电的时候
在朝西的窗前重新点燃蜡烛
点燃一节古代
用剪刀把夜剪成一小寸
一小寸。剪碎。一起听雨
在门外阶前点滴到天明

秋风，吹散了我的抒情

已习惯了跟着屈原沿沅江奔跑
已习惯与李白一起猜拳喝酒
江湖遨游，逍遥自由
改变。仅剩的一点温度
也都被夺走，空无所有

堆码得齐齐整整的诗句
被风的利刃切碎，七零八落
一堆似是而非的意象
面对现实，一条蛇即将冬眠
不再呼喊，体温迅速降至０度

比铁还硬，比冰还冷
不动声色，毫无情感
病床上蜷曲着一堆呻吟
说不明，听不清，猜不着
一堆蚂蚁撕咬着一堆腐肉

清秋，飘落的心事

那些偷偷游到梧桐树上的鱼，终于
猛然醒悟：没有翅膀，如何假装凤凰
一叶一叶地纷纷渴死，被枯枝穿起
月亮在秋夜里格外地瘦，显得妖娆
伸出长长的舌头和铁钩，勾魂

哪还有心思学李煜？一个人去爬楼
西楼长时间无人清扫，早被鬼狐挤占
谁不知道身体重要？户外埋伏着霾
锻炼方式也不只是爬楼。游泳、跑步
骑行、瑜伽、太极拳或运动器械

可人家再孬还是一个破落的皇帝
你算什么东西？酒量倒没咱高
呕吐出来的愁，高新合成材料
韧性极强，居然御用的剪刀都剪不断
千头万绪，越理越乱
小周后在不在？能否为朕端杯茶来

月亮是门

月亮是道门
敞开在夜空
门的后面是天狼星的故乡
所有的箭簇都被安检没收

月亮是道门
被猴群用万能钥匙偷开在水中
喝醉酒的李白一脚踏空
再也没出来。找寻遗落在人间的诗行

月亮是道门
被崂山道士剪成纸片黏贴在墙上
像古铜镜，像吸顶灯
嫦娥不过是一支幻化成仙孤怨的筷子

月亮是道门
是一条汹涌的河。隔断古今
古人站在左岸，今人站在右岸
我站在此岸，你却站在彼岸

月亮是道门
少年的你依然弱不禁风。站在门中
我站在门外。隔着门，隔着夜色
隔着相对而视的距离。相对无言

冷月无声

月亮一个冷颤，登上
城里最高高楼的楼顶
一副骇人欲飞的姿势
并胁迫看热闹的公交车
"信不信，我死给你看？"

其实城里站在楼顶的月亮
与
郊外挂在柿子树上的月亮
没有两样

郊外的月亮被星辰簇拥着
城里的月亮被灯火簇拥着
郊外的月亮苍白，因贫血
城里的月亮晕红，因醉酒

郊外的月亮血已流尽
全身发冷
城里的月亮刚被割断喉咙
满脸鲜血

那些失眠的乌鸦在夜空翱翔

并用坚硬的喙啄月亮的伤口

喝月亮的血

并放声嘲笑

那枚再也不会喊痛

仍高高在上的月亮

弦月和满月

好柔软的一场梦
像一只蚕
不肯熟睡
闭着眼睛
拼命啃噬
居然把蟋蟀的歌声
也啃得缺缺残残
残缺得像一弯弦月
曲线丰美
偷偷挂在梧桐树上
与星星做伴

已肥美如杨贵妃的蚕
被误诊为怀孕，反应强烈
拼命呕吐。其实是暴吃
导致的消化不良
将宿酒吐出来
将胆汁吐出来
吐无可吐时，索性
将整副肝肠也吐了出来
将往事茧成团。像满月
那是年少时就怎么找也找不回
那团帮母亲团的绒线

望　月

那是一张驶进秋天的绝版船票
印刷精美。玲珑。稀缺到
可以独家珍藏。却被夜空收缴
张贴在漆黑的墙上，炫耀

人头攒动，众声喧哗
一时间所有的残荷都被吵醒
拍卖，竞价，锤子举得高高
却迟迟没法落下

夜色如水，是海
星星是游在天河里的鱼
到达太阳彼岸的路途
其实还很漫长而遥远

月亮的脚

月亮长着双好大的脚
天足。即使在明朝
或清朝。都没有被缠过

天太黑，走路又不长眼睛
鲁莽地一脚，踩碎
桂花送我的那瓶法国香水

踩得脚上
满是玻璃碎屑
从此，月亮的脚好香

月亮船的故事

月亮是艘船。泥做的
比方舟还大好几倍，吃水很深
满载少年时的诗意和忧愁
碧海青天，曾经停靠地球码头
时光拍岸，卷起千种豪情

移栽了庭前的桂花老树
携带了闺女养的娇小白兔
乘客只有嫦娥和吴刚，一个怨妇
一个樵夫。航行在浩瀚星空
豪华旅游，在宇宙漫步

阴晴圆缺，总在眼前
繁华与孤独，荣与辱
歌与酒。无非婵娟
看，总看得见
想够，却总够不着

天涯明月

明月常残，天涯即远方
兔死，炖烂的狗肉被济公啃光
剩下的骨头如树桩。鸟尽弓藏

刀呢？谁也没意识到
这是个严重的问题。江湖闯荡
遍地恶狼，岂能没武器相伴

每走一段，驻足暂停，回望
身后的路就是一根长长的面条
煮一锅，喂养每一个饥饿的追随者

走到天涯，明月高挂
没有剑，哪还能是侠
没有刀，哪还能当得了强盗

没有酒，怎比拼得出谁更好汉
没有笔，知识分子如何杀人不见血
没有洞穴，妖精如何幻化成美人

没有刀，那就意味金盆洗手

洗尽铅华，不再登华山
隐。饮马天涯

月亮如砥，如砺，磨一把
心口上的痛，好厚一层锈
水一冲，全是血

今夜的月亮

在这滤过的静夜
我的腔子里　藏着
一盏孤寂的灯
等你　从门外走过

等你走过时　剖开
就像剥开一颗鲜荔枝
掏出我跟在你身后
照你前路的月亮

因而　今夜的月亮
是你的　为你开
也为你谢

月的诞生

情感很硬　你
锯下很丑的一块
扔给我　夹进书页
余下的就挂在天上
成了新月

听　月

一个踉跄
落在水中　一面
好圆好圆的锣
风起时　忽而走形
敲起来好响哦

每到这时　我总是
背着你
独自来水边　听月

拯救落水的月亮

月亮不是跌落下来的
是谋杀。有很多
丧失指控能力的目击证人

以毫秒计的慢速度落在水面上
溅不起一点涟漪和声响
月亮瘦得失去了体重
没有重量的东西是不死之物
比如灵魂。沉，沉不到底
浮，浮不起

黑夜如铁
像坟
暗藏刺穿生死的硬度

海和岩浆都是一种汁液
多年前从的月亮伤口倾泻出来
海水是体液，有着咸涩味道
岩浆是血，源于地心
潮汐涨落源于万有引力
面容苍白源于极度贫血

水面柔软，如床
蝙蝠驮着夜，贴着月光飞翔
一个梦睡在水面上

在天上日夜旋转的
只是一颗卫星
密谋把自己明亮的影子
摁进水里，溺死
排水量巨大
浮力足够托起一轮太阳

中秋月

将这月削得薄　薄如
　　一翼少女般的桂花香
将这月磨得亮　亮如
　　脆脆欲醉的笑声
将这月捏得圆　圆如
　　灿烂山花的瞳子
将这月洗得透彻　净如
　　　白莲馨睡在水汰的影子
将这月艺术地贴在夜幕
　　　就像贴一张普普通通的邮票
思绪远远　揪人心痛

从这月上刮去已沉积了
　　　万层的霸陵柳色庭院落英
　　　　闺宫寂寥
把斑斑泪痕一点一点擦净
从这月中掏走已垢酿过
　　千年的曹操杜康、李白花间
　　　　苏轼问夜
把褐色的酒污大块大块洗去
让这月清清爽爽地鼓成一张别致的帆

把信让小小的纸船乘夜捎去　捎给故人

这月便泼辣地抖落一地羞涩
一缕幽光就从眼中淌出　滑出窗
涨了窗外满满一弯河　漫过堤
淹没你的防洪线　那银晃晃的水
又知趣地顺着树梢爬进了月里
楚楚地回头看你

满载童话的火车从冬天开出

冬

特别冷的时候
冬也会穿上厚棉袄
点燃冰雪
熬冰雪的膏油
烤白色的火焰
取暖

滴水的屋檐纷纷长出虎牙
呲牙咧嘴。煮酒猜拳
松针都戴上透明的水晶手套
X 光透视着树坚硬结痂的忧伤

再降雪时，我会
将我碎裂的龋齿嚼碎
然后吐在手心
并种在地里
再静下心来全权委托
身陷零度以下囹圄的水
让水用尖锐的嗓音
给种子授粉
唤醒

所有受孕沉睡的花朵

当流星如手术刀
划破天空的肚皮
我许愿，若烂在泥里的
龋齿能够重新发芽
大地到处长满绿色的乳牙
那些尖牙利齿都会像钉子
死死咬住春天饱满的乳房
咬破樱桃般猩红的乳头

血就会像春雨。淅淅沥沥
灌溉深埋在地底下的干渴
春梦就会像一群狗娘养的
狼崽子。喝足了乳汁
开始绿着眼睛四处乱窜

此时，床也许不再
只是漂泊者的船
而枕头
依然是所有漂泊的梦境
停泊的码头

想　雪

在北方　我曾经
强烈地渴望过
　　无雪的冬天

而到了南国
数着热辣辣的红豆
我想雪

2015 年北京第一场雪

新疆早早地把雪下下来了
东北早早地把雪下下来了
内蒙古早早地把雪下下来了
欧洲雪暴
美国雪灾
日本暴雪

江苏常州居然也下雪了
湖南大雪从 1985 年至今
仍然在洛夫的诗里下个没停
终于，北京按捺不住
也下雪了

北京的雪下在夜里
像一个披着黑斗篷的女巫
在屠杀白天鹅。羽毛纷飞

雪落无声
把整座城市的路灯都冻醒
把孩子们的鼾声轻轻吻湿
又醉得一塌糊涂的我
独坐窗前

让窗外这轻若鸿毛的白
洗刷着我内心沉重的黑

雪落无声时
我居然还在北京
这突如其来的雪
又将埋葬我
一场无关风月的梦

荒草拾步

为什么这么苦口婆心
仍读不懂唐诗
读不懂崔颢和白居易
芳草萋萋，不是凄凄惨惨戚戚
大雁模仿梅兰芳唱京戏
而是酒神在引诱春
喝醉了，长袖善舞，霓裳羽衣
巫山的云太密，长江的腰好细

江面上飘落的巨大脚印
不是秋叶，是船
满载李白用剑劈开的愁
心境荒芜，一把枯草
已被日暮深深掩埋的故乡
是否又隐藏在烟波深处
等人。重新归来。寻找

浅　冬

夜里，我看见一只白蝴蝶
在白色吸顶灯下
飞。很优雅，很静
甚至能听见翅膀拍打的声音
忽闪。忽闪。看得心惊肉跳
像看一部恐怖电影

北京城供暖还得过些时候
我想她就要死了
像个幽灵
我想她死的时候
雪就会落下来
就像很多折断的翅膀

雪下的村庄

村庄把童年
保存得格外陈旧
落满尘埃
雪，被天使指派

实在贵重的
擦拭干净，或用井水冲洗
像那组明式红木家具
沉重得一人仍然搬不动

确认没用的
收集起来，堆在后院
就着梅花和冬天
一起埋葬

最后一片叶子

伸出手，想努力拽住
秋的衣袖。避免因风
坠入无边的愁和忧

电话铃急促，陌生号码
从南方来的必定是旧友
要喝就喝你带的家乡烈酒

多年不改，量没增反减
胃里先烧一把火，把心点着
蒸馏一首纯净的唐诗，下酒

李白还在江湖中漂游
杳无音信
享受着逍遥和自由

雨在下，雪在飘，长江在流
少年时共同呵护的水妹子
最近又生了一胎狗崽子

头发如叶，肾水不足，稀稀落落

待到明年，桃花开后，燕子归来

村后山丘

又会长满杜鹃的哀鸣

渐行渐远还生

春草犹如当年

柳树依然绿油油

冬 景

乌鸦，一排乌鸦
五线谱上的黑色音符
站在树上，黑秃秃的树上
站成一种风景
站成一行萧瑟的文字
黑体，3D 打印撒旦写的诗篇

虽然早已洞悉其中的隐秘
但没法用语言诠释。我不说
并尽量避免使用地狱的方言
不让那些天鹅察觉
我对撒旦的背叛
我在偷偷迎娶春天

雪的素描

冬天来了，屋檐落满雪的尘埃

衰草无爱，心中满是悲哀

天哭，下雨。像怨妇做的诗

山哭，泣血。像地狱喷出的火焰

树哭，落叶。像画家笔下的人体模特

只有孩子仍然兴高采烈

并感染了整个童话世界

天不哭了，开满雪花，冰洁而路滑

山不哭了，泉水哗哗，一路笑到外婆家

树不哭了，结满梅花，迎接春的抵达

听　雪

春姑娘在南方
撅着性感的樱桃小嘴
赌气朝寒冷的北边
哈出一口甜甜的温柔
白茫茫一片。轻轻凝结

冬这个老妇人即将被遗弃
拒绝离婚，又吵又闹
家里的鸭绒被全数剪碎
撒向街道，动静很大
到处是看热闹看笑话的脚印

梅花已被吵醒
梨花仍然睡眼蒙眬
唤不醒的是嗜睡的桃花
全是孩子的梦话
紧紧捏在雪人的手里悄悄融化

每一片雪的灵魂

雪的魂是水，水是冰的血
就是 H_2O，很纯净
简单而纯粹。不像人
包含太多的污渍
死后把灵魂和水还给上帝
留下一堆焚烧不掉的杂质

只有经历寒冬
水才会开出花朵
从无色透明转化为白色
要走多远的路程
从液体质变成固体
要经历多少不为人知的苦难

冻得打冷颤的地球
包裹着的鸭绒被
被冬天一剑刺穿
从天而降。沿用最世俗的方式
穿透天空的身体
满天柳絮。让春天怀孕

由固体重新融化为液体
重新返回柔软的本质
需要修炼多少年，像白娘子
像七仙女，决定下嫁牛郎
需要下多大的决心。像江河
选择一种注定居无定所的流浪生活

写给十二月

好一座巍峨
白雪覆盖

时间举起鞭子，逼着
每一棵梧桐在大街上裸奔

冷寂，让每一个活着的
都重返奴隶社会。除了路灯

丧失自由。年年远征
相同的出发，不同的抵达

攀爬，并很早就放出风来
山脊是分界线，两个世界

山这边白，山那边绿
翻过山顶，就是春天

雪

你自顾自地白
像圣母玛利亚怀里的孩
我自顾自地黑
像易安居士写的一首词

你的前生是鱼
你的灵魂是水是雨
我的前生是树
我的灵魂是石头是土

我用痣凸现你的美丽
用土埋葬你的纯净
你用月光洗净我的夜
用雪埋葬我的阴暗

变异。霾不是我们以往可以
理解的雾。我似乎还是我
可是你，早已不是你

雪候鸟

同样来自西伯利亚，但不是鹏
北冥那个地方已不再有鲲
瘦小得还不如一只握紧的拳头
千里迢迢，飞越寒冬
只为等候南方一场可以预约的雪
等候春天的发令枪响
等候长途迁徙的再一次出发
等候再一次飞翔，以爱的名义
似箭，射穿某些躲在树上的神秘和甜蜜

雪，漂泊的行者

轻，犹如灵魂

轻得没有一丝份量

弱，弱不禁风

轻呵一口气就融化

白，毫无血色

却挑战跳伞这种玩命极限

学蒲公英的种子漂泊飞翔

落在蒹葭上，是芦花

落在土盆里，是菊花

落在春树上，是梨花

落在锅里，是盐

落在纸上，是留白

落在檐上，是暖阳

落在床上，是月光

落在头上，是白发

落在心上，是思念

落在地上，才是雪

落在山上，是瀑

落在江上，是画

被渔夫和我一人一半

悄悄珍藏

期待来年嘉德拍卖

拍出个好价钱

腊 月

突然发现，竟然有
这么多东西都姓腊
腊肉腊鱼腊鸡腊鸭腊肠
腊八粥腊八饭腊八豆腊八蒜
腊八节，腊汁肉夹馍，腊梅
还曾经有个强盗叫方腊
不知好歹，专与梁山好汉对抗
岁月经烟熏火燎。时间也腊了
记忆和思念被逐渐风干
拒绝腐烂。黑乎乎挂在火塘上
饿急了，或实在嘴馋
就用剁辣椒、豆豉
蒸一份家乡味道，下酒

这个冬天很暖

湖面上的冰很薄
承受不了春天的重量，轻捣
碎成一块块不规则的玻璃
化得比往年都要早

迁徙的野鸭提前返回老巢
安家在岸上旧时枯草
最烦那只爱撒娇的波斯老猫
整日赖在你的怀抱，不动不跳

喵喵地叫，纯蓝色的眼睛很妖
无缘由地莫名发脾气。恼
更年期提早。怀疑春天抄了近道
没发正式通知。屋外的风不小

树木都尚未做好迎春准备
就日夜兼程，突袭来到
真正得知内幕的究竟能有多少
冬天朝着西伯利亚方向加速逃跑

桃花尚在睡懒觉，梦里翩翩舞蹈
雨寒如刀，不宜登高
遥想当年炉边煮酒论英豪
桥边梅，驿旁花，仍在雪中独傲

晨露寒霜

飘荡和游移在空中
那些缺乏约束的思念
无色无臭无味无触
遇到悲愤和穷困
遇到冷
总会凝结
凝结成液体，是露
凝结成固体，是霜
凝结在眼角，是泪
凝结在心里，是血
病痛或长期失眠时
是可以咯出来的血

告别寒冬

冬　一个蹒跚的老人
拄着昨日古董的拐杖
喘着病危的呼哨
让所有的青草衣衫褴褛
让所有的黄叶尸布般飘零
逼迫所有的火焰穿上棉袄
逼迫所有的激流躲在河床底下
冬天苍白而浮肿的手指
从白骨的琴键上捕捉
　　　一支挣扎而逃逸的歌
压抑　压抑　压抑
春天的到来
冬天像一个颓唐的末路英雄
禁不住地黯然神伤

在冬的档案库里
究竟沉淀了些什么阴谋和残渣
在春的舞台上
又将演出些什么鲜艳和清新呢
许多思索的眼睛　思索的手和脚
在天上　在风里　在路上

我不在乎

财富的远逝

声名的隐匿

青春的漂泊和流浪

被幸福判定的无期徒刑

寒冬呵

我把诗的种子

埋在冻土里

等待

春天的唇　轻轻

将我唤醒

吐一瓣嫩绿

在某个少女的纤手里

我把所有的坚韧和刚毅

拌和在石头　和比石头更铁

比钢铁更硬的痛苦里

磕磕碰碰　棱棱角角

刺出点碧血

斑驳点男儿硬朗的泪水来

在冰冷的泥泞里

或依旧温柔的地泉里

或潮湿的记忆里　淬火

冶炼和磨砺

一把刺穿严冬的利剑

红红火火　明明晃晃地

灿烂成一枝报花

既然生活一定有寒冬
就让我们勇敢地去面对
既然生活会有明媚的春天
迎接　义无反顾
用一腔热血迎接

冬天，需要一些温暖的词语

天太冷，大家聚在一起，抱团
品茶喝咖啡饮酒吃火锅谈罗丹
谈一个艺术家在光天化日下
如何将一个女人的衣裳剥个精光

商量是否再造一次反
密谋再上一次梁山
将诗歌里一些没有温度的词汇
打着寒颤的句子拣出来，用刀枪

然后烧开，煮熟，烤热，点燃
人为地制造一场轰轰烈烈的火灾
将心中冬眠的树先行唤醒
将放飞的燕子全数收回

用奔放的心脏
捂热已冻僵的春天
用滚烫的血
重新淹没这段时光

第六辑

春秋 + 冬夏 =1 年

常州过年

一株腊梅突然喧哗
提着一串串米黄色的小风铃
用月光的芬芳
逗引黄鹂的飞翔

没人注意那棵枣树
脱光衣裳。赤身裸体
像乞丐。站在一旁
乞讨春天

墙角那株山茶，像只吸血蝙蝠
像吮吸汁液般阳光一样，吸干八年前
出生孩子的胎衣。把血反刍在花瓣上
像街头吐火魔术师。在枝头吐着灯笼

站在老宅前的桂花树
一头绿发。玩摇滚的披头士
却异常沉默。音乐似死水
老宅里住满尘埃和往事

幸免于难的鸡目睹一切

却拒绝像往常一样评论
古井仍像千年前一样
拼命吐口水。却拒绝渴死

春躲进老宅对面小洋楼里学古人
喝米酒。和千年前一样地烂醉
三碗家酿。同样能打死一只老虎
在纸上。像拍死一只苍蝇

河虾被清水烤得金黄，很鲜
百叶。瞿秋白到死仍念念不忘
的初恋。还是千年前的烹饪法
豆腐固守千年前的味道和贞操

冬天把温度一巴掌拍得很扁
住惯北方女儿的脸上过敏
长着一片桃花癣。疑似冻疮
拒绝孵化的虫是卵。是心脏

注：百叶，传统豆制品，亦作百页、千张等。洪深的话剧《香稻米》第一幕："荷香的娘端了三个碟子来，一碟豆腐干，一碟百叶，一碟油豆腐。"

北京·春节

当这座城市空了一半
平常车辆拥堵的街道疏疏朗朗
我知道　节日来了

当一年中被囚禁的星星
被烟花集中放飞到这座城市的夜空
我知道　该过年了

当平常这座静默而暗流汹涌的城市
终于被灯火、激情和喜庆点燃
我知道　春节来了

当平常这座喧嚣而理性的城市
突然被鞭炮炒成一锅乡村爆米花
我知道　春天来了

当这座城市的冰雪开始消融
当这座城市的天空开始放晴
当寒鸦仍然拒绝迁徙在枯枝上放声歌唱
当腊梅在颐和园的湖边恣肆绽放秀时装
当春联贴满了街巷

当灯笼挂在所有人的笑脸上
我静静地待在家里　陪母亲
远离热闹远离追思也远离古人
远离故乡远离故人也远离酒
远离回江南老家探亲的妻子和孩子
独自坐在电视屏幕前
读加缪读周作人读沈从文读汪曾祺
读一座名叫北京的北方城市
我想　没在北京过过一个完整春节的人
即使再喜欢喝豆汁
也算不上地地道道的老北京人

煮汤圆

把天上月亮摘尽
再采摘和捡拾那些
被箭射伤的星星
一咕噜，全倒在锅里
煮。煮沸重量
让滚圆的时光都浮在水面

孩子，这是爸爸给你做的
黑芝麻馅汤圆
滑滑溜溜，甜滋滋
吃完后，再看看夜空
居然还有一枚月亮
满脸雀斑，没摘下来

清明祭

哪有如此凑巧的事

像虚构小说

每到阳春三月

仙鹤紧缺

菜花黄艳时候

无花果树大白天举着火把

阳春面吃在嘴里

一碗隔年的胡子酒落肚

乘醉

端起一杯滚烫的明前茶

坐在老宅檐下

雨就不讲道理地落下

落在黑瓦白墙上

落在一片滴滴答答的声响里

把时光静静淋湿

好待将来

拧出一绺春天的疼痛

就这样一声不响地走进江南

悄悄地摸进春天的腹部

怀念白米粽子

不要加肉的
不要加豆的
不要加枣的
不要加板栗
不要加蛋黄
我怀念
清清白白
简简单单
纯纯净净的
一只白米粽子
怀念用筷子穿着
蘸白糖吃的味道

有箬叶的味道
有新糯的味道
有山村的味道
有故乡的味道
有童年的味道
端午不过是五月初五
一个古人的节日
穿越古今的一个旧日子

无关于楚国
无关于诗人
无关于流亡和放逐
无关于爱国和悲愤

一个节日仍是一个日子
应该快乐仍旧快乐
应该怀念仍旧怀念

七　夕

那时候过七夕
在乡村
我们都还小
我们不谈恋爱
我们还不懂爱情
爱情就像月亮
离我们很遥远

那时候过七夕
在夜里
花开了我们高兴
花谢了我们也并不忧伤
蝉开始静默
蛙和蟋蟀开始歌唱
萤火开始点亮田埂和山野

那时候过七夕
我们都很穷
我们都是乞丐
我们搬条板凳
坐在院子里

比眼力，对月穿针
乞巧乞福憧憬未来

如今，我们在城里
过七夕。都已长大
以为懂得爱情
其实仍然懵懂
但七夕已变成一个日子
属于年轻恋人们的节日
而我们都已不再年轻

很多事情我们原来不懂
至今仍然没有弄明白
对于七夕
城市显得过于隆重
因而我决心
制造一起惊世骇俗的事件
决心敞开喝一回

我将发出倡议
希望在七夕这一天
能喝的和不能喝的
年轻的和不年轻的
都端起酒杯
痛痛快快喝上一杯
大家齐心协力干一杯

呵。呵。当我们都醉了
当整个世界都醉了

这样多好，那该多好
整条银河都会被我们喝干
牛郎织女以及他们的孩子
就不用年年苦等，等今天
等待鹊桥架好，才能相见

2010·北京·中秋

今夜，我站在北京的塔楼上　看月
就像当年我站在湘西的吊脚楼上
看水　看河对岸的灯火
看灯火里的你
看你如水的黑眸

那夜我很想对你说句悄悄话　但
隔着满河的星星和喜欢偷听的鱼
隔着夜色
隔着薄薄的河雾
隔着蟋蟀的歌声
你远远地站在河对岸的木窗边上
　让我静静看着

那夜的菊花都突然间同时盛开
盛开在酒里
不再像美人

我看见，一枚月亮醉倒在水里
一枚月亮在山脊上唱歌
山上长满喝月光长大的绿树
山妖在树丛中打着火把赶路
待村庄熟睡了　山妖会牵树根的手

围着篝火
整夜不知疲倦地跳舞
那时的我们深信
山中有怪水里有妖
所以我和你都像萤火虫
在这秋天的夜里
久久不肯睡去

你说，这河连着大海呢
我说，那把手伸进这水里就牵着大海的手了
水在你指间朗朗地笑着
我的话像一只纸船　随水而逝
从那夜开始
我们同时做着一个关于海洋的梦

我把心思种在菜园里
等着来年像丝瓜一样长出青藤
爬你家的吊脚楼
开一朵黄色小花

今夜我突然记起当年想对你说的那句话
月升之时
我想，你现在也许在海边
待在海边的一座木屋里　看月
远离山妖
远离故乡
也远离我

白　露

蒹葭就是芦苇
称芦苇，俗
称蒹葭，雅
古人先天
就比今人文雅

归雁衔着月亮
在夜空中拼命飞翔
想赶早，将思念
送回家。桂花
纷纷被秋天唤醒
把蟋蟀的歌唱
和萤火虫的梦
装点得很香

白露为霜
学李白。独自
饮一壶陈年老酒
感觉到一丝凉，一点寒
没有你在身旁
帘外雨潺潺
有了一点点感伤

立　冬

土还是那么黑
雪还是那么白
土还是那么肮脏
雪还是那么圣洁
一个是地上的魔鬼
一个是天上的天使
两个在一起
挨得那么近
那么不门当户对
那么不般配
结婚，生子
生下一个孩子
取名叫冬天
这一天就是孩子的生日

冬　至

这一天突然发觉
太阳离你我最远
阳光透明的手指
穿越时空伸过来
一窝蜕皮的水蛇
冰凉而缺少温度

这一天突然发觉
黑夜最为漫长
白昼最为短促
虽然远离温暖
却离饺子很近
离羊肉汤很近
离酒和诗很近

这一天突然收到
失联多时的春姑娘的
快递。远行的航天器
接收到发自地球的
遥控信号。急转弯
调头返航

正驱赶着雁群归来
梅花自春离开至今
仍痴情地
坚持站在原地
一动不动
举起一盏盏盛开的灯
为迷途者指路

这一天突然发觉
春天将越走越近
冬天将越走越远
此时，却突然觉得
杜甫很近
李白很远
王维寿长
李贺命短
苏洵已老
曹植尚小
你离我很近
我离你却异常遥远

年 味

用耳朵闻出来的磷硝味道
比如燃放的烟花和鞭炮
用眼睛饕餮到的喜庆和祝福
比如贴春联、挂灯笼、舞鱼龙
用鼻子触摸到故乡的乡音
比如梅菜扣肉、红烧肉、腊肉
用舌头回看到不曾改变的童年
比如剁椒鱼头、香肠和笋
用指尖和脚步听出的不一样
窄小了的街巷和拆毁了的旧宅
年，是一头传说中的怪兽
活着的人谁也没见过
其实很像乡村里养的猪
好吃好喝，伺候一年
养肥了的时候
终于可以杀了吃肉
人人都得伸筷子
吃上一口

过　年

年，年年都过
就像集体跳绳
没有看客
所有活着的人都是参与者

太阳把光阴搓成一条麻绳
站在离地球 1．5 亿公里的地方
抡着膀子，摆绳。距离很远
绳索飞翔的速度很慢

一年才摆一圈，需要跳一次
啪的一下，绳子拍击地面
那是鞭炮的声音
那是喜庆的声音

大家齐身上蹿下跳
呼啦，很多人在尖叫
很多人顺利跳过了绳索
都相互击掌庆贺

也有人无数次逃脱

无数次兴高采烈
终于跳不动了，被绊倒
再也没爬起来

中断一小会
时间在葬礼上暂停
然后绳索又晃悠悠
摆了起来

猴年大年初三

鸡过年，宰了煲汤

猪过年，割肉腌腊

鱼过年，清蒸过油

羊过年，杀了爆炒

到处都是血，和雪

到处都是红，和火

没人报警和救灾

入口即化的扣肉得有

酱得糯糯的蹄花得有

豆腐豆皮豆干得有

笋子得有河虾得有

刚从地里摘下的青菜得有

新酿的米酒一碗接一碗

怎么好意思不醉

团圆饭吃完东家吃西家

如何吃得够

鞭炮放了一茬又一茬

欢乐像春草，纷纷发芽

人人红光满面，嬉笑颜开

是早早唤醒的桃花

没有情人的情人节

圣瓦伦丁，似乎
只有我还在想着你
还在地球每个犄角旮旯
苦苦搜寻你的遗言
一些碎片
你行刑前的那封情书

所有的男孩和女孩
都已长大
都变得跟我不一样
关心玫瑰、巧克力、水晶和贺卡
关心剑、酒、咖啡和茶
关心去年移植的那株杏花

没人再关心你，圣瓦伦丁
就像已没人关心我
没人会在这一天
因某事会突然重新想起我
一颗圣徒的心脏里
据说藏着爱情

爱情也许只是一种信仰

或者虚妄

就像你，瓦伦丁

每一个节日的喜庆里

礼物包装和红色的灯光

都能拧出血

安放流年

一遍又一遍
听这个女人
用魔鬼的语言
翻唱王菲的《流年》

在歌声中
反复被时间吞噬
我一遍又一遍
身不由己地沦陷

既然在千万人中偏偏碰面
脚步再轻点
再小心一点
尽量避开那道闪电

手心中的曲线
不是观音净瓶里长生的那朵莲
相见并不都能够相恋
洪水曾淹没江州司马的老眼

苦苦寻求人生中的一种幸免

到头来反要去搜寻

那些散落在路上的星星点点

甄别哪是真哪又是刻意表演

多年以后，仍然时时想念

你那蹙蹙蜿蜒的眉尖

长叹一声，就像自揭伤口

又撒上一把新晒干的海盐

想着那天的夜晚

仍然上火发炎

星空里挂着的玉镰

收割不尽一年又一年的秋雨绵绵

无心情去洗净落满尘埃的旧窗帘

老屋檐下又是一对新燕

却仍然找不一个地方

可以稳妥安放你我的流年

停下来，细数时光

被时间的洪流裹挟
再也没法像童年
安静地坐在庭院
仰望星空
数北斗和牛郎

城市的脚步匆忙
清晨、中午和夜晚
睡觉、工作、吃饭
像马打滚，名利场里爬翻
高速行驶中，谁敢猛踏刹车板

往事，永恒的回忆

一堆无用的破铜烂铁
整日雨打，长年风吹
花花绿绿，没有头绪
惨痛。锈得不成样子
红的是铁的血
绿的是铜的泪

最柔软最脆弱的部分
早已被时间腐蚀干净
留下最最坚硬最最纯净
的部分。记忆的手绢
反复擦拭。摆在古董架上
仅仅属于你和我的古玩

回忆，就是一份武汉卤鸭脖
酸辣苦甜咸，五味俱全
吃又吃不饱。能刮剥下来
重新回味的总那么一丁点
嚼了又嚼，吮了又吮
最后舍弃的骨头堆了不少

我要好好的慢下来

我一直在奔跑
向着你
从出生到现在
没有停过。以刘翔
百米跨栏冲刺的速度
扑向你

我是流浪在黑暗中的
一颗彗星。浑身长满
飞速旋转的轮子
被太阳引力捕获
用航天飞船的速度
奔向你

穿透大气层
将激情燃尽，撞击地球
然后开始慢慢冷却
躲进，赖在你的怀里
安静下来，慢下来
停下来，不再以四海为家

时光深处

隐藏在日子里的黑洞
填不饱的饕餮之口
吞噬星空
也吞噬着我的青春
我的时间和空间
不管快乐，还是忧伤

精心梳理的时光
一卷长发
编织成辫，一条麻花
摇晃在记忆深处
还有当年那堆似是而非
不知所云的话

岁月的拐角处

阿波罗这个古惑仔
肯定是飘移族老大
一流的飙车技术
每秒 19.7 公里的高速
向武仙座方向飞驰

拐角处，太阳猛地
一个急转弯
强大的离心力
将我重重地甩出窗外
摔在地球上

地球是座医院，人满为患
挤满病人，伤都和我一样
内伤。被时间所创
折断了飞翔的翅膀
却常仰望星空，渴望宇航

与时光同眠

真正能与时光共枕同床的
能与时间对抗，是巍峨的山
是日夜奔流不止的江
无父无母，没有生就没有死
逃脱轮回，真正的地久天长

那些被时光宠幸着的人呵
都是被时间帝王睡着的嫔妃
同眠是缘，不等于永恒和爱
都终究会遗弃在历史的尘埃
唱着老歌《女人花》，守寡

封藏的时光

春天，从泥盆纪
穿越石炭纪和二叠纪
从侏罗纪和白垩纪拼命潜逃
在恐龙饕餮巨口中劫后余生
的凤尾蕨科植物，在细雨中
纷纷苏醒，伸出猫爪
长出卷头发的蕨菜
腊肉爆炒，或腌泡在菜坛里
我们争吃着恐龙吃过的
口感清香滑润的食物

秋天，我们残忍
撕裂山的衣裳和皮肤，刨出
蕨肿胀的根部
用山泉，或溪水洗净
用木槌捣碎捣烂
滤出白的，或灰的汁液
放在盆里桶里沉淀
就像沉淀一段灰白色的时光
灾荒年，或饿了，口馋时
加热成粑，成粉，充饥

《本草纲目》说是一味中药

凡药三分毒。除了绵马素

现代科学证实"原蕨苷"致癌

再好的美食也不可多吃

不可常吃。在城里

我们已经不吃

但面对苏丹红和三聚氰胺

却时常怀念起乡村

那段什么也不懂

什么也不明白的时光

第七辑

花开，是植物在说话

菊　花

这是一朵盛开在深秋里的菊花
这是一朵摇曳在寒风中的菊花
这是一朵盛开在山岩间的菊花
这是一朵矗立在悬崖上的菊花
这是一朵盛开在草丛边的菊花
这是滞留在我荒芜心中的一朵菊花
这是静静盛开在你热气腾腾茶杯里的一朵菊花

一朵菊花
一朵黄色的小菊花
不管盛开在哪里
都不如盛开在你唇边

待茶凉，那朵菊花会痴情依旧
盛开在一个人的梦里
盛开在对你来说已是陌生人的梦里
不愿凋谢

冬　菊

这是一场旷日持久在决斗
对手如此强大，不可战胜
萧瑟。冷酷。闻风色变
江湖绝顶高手，雪如剑花
百花尽杀。躲闪，迂回
虚晃佯攻，寻找破绽，待机反击
先是一记刺拳，一朵玉翎管
随后一记左勾拳，一朵墨牡丹
紧跟一记右勾拳，一朵绿水秋波
一记直拳，一朵瑶台玉凤
一个摆拳，一朵胭脂点雪
打得兴起，囤积一年的力量倾倒
一套水银泻地似的组合拳
平瓣匙瓣管瓣桂瓣畸瓣全数盛开
全都打出去。直至一记重拳
直中面门。把冬天击倒
一树梨花。教练扔出的白毛帕
弃权，或投降。春天已经到来

花朵是植物的耳朵

花朵是植物的耳朵
风吹。被朝阳淋醒
一万只耳朵竖起来
像密探。倾听世界

倾听一只蜜蜂的叨唠
倾听蝴蝶的前世今生
倾听一只黄鹂的吟唱
倾听蜗牛的尖叫怒吼

倾听山泉的叮咚
倾听杨柳的柔软
倾听一棵杏树的哭泣
倾听一隅春天的芬芳

花朵是植物的耳朵
随便摘一朵。插在头上
就足够听清这个世界的
喧嚣、骚动和复杂

倾听星星在夜晚坠落水面的声响
倾听一尾鱼脱尽鳞甲走向岸的窃喜
倾听一只蝌蚪满怀帕瓦罗蒂的梦想
倾听一群蝙蝠躲在黑夜里密谋造反

或将一束花插在瓶里
给屋子移植上漂亮的耳朵
促其能够倾听灯盏的梦话
倾听一本患抑郁症书的深刻

花朵或许不是耳朵，而是植物的嘴
像老式录音机。将刻意捕捉到的
长期隐居在乡村的旋律。重新播种
让梦在黑暗中，像牵牛花一样生长

梦　梅

如果要梦，索性梦他一千年
一千年也不醒
在酒里沉醉，在诗里沉睡
如果是梅，索性开他一万年
一万年也不败
在画里盛开，在歌里吐蕊
千万个理由，只需要给我一个
千万条指令，我只听从春的指挥

踏雪寻梅

雪是冬天的皮肤，难得裸一回
梅是春天的容颜，见面总因缘
比拼。一年总有一回
看谁更白谁更香谁更美

山径已被石头踩了一路脚印
雪最先融化的地方一定不是
人迹罕至的地方。满载温暖的
船舶纷纷寻找可以停泊口岸

有梅树的地方
一定是春天最先抵达的地方
有梅花的地方
一定是春天最先走过的地方

腊梅含香

当然，这是一个
极其简单的比喻
很多人现在已放弃修辞
丧失，遗弃，或不会
这种功能
不喜欢拐弯抹角
喜欢直来直去
大家都变得很直爽
很耿直。很粗鲁。没有阴影

比如，梅花像雪花一样白
或者，雪花像梅花一样白
但事实上
梅花与雪花不会一样白
因为梅花的嘴里
长着牙。花蕊
一张嘴，就咬你的鼻子说话
但梅花与雪花有一样相同
都没长眼睛

梅 魂

用故乡的泥土埋葬亲人
用每年的第一场新雪埋葬诗
用春天埋葬痛苦和记忆
用月光埋葬这梅花的香和魂
用时间埋葬我和你的永恒

魂魄兴许是一种半透明的结晶体
历经无数个春秋和万千个劫
终于凝固成冬天湖面上的三尺冰冻
为何偏偏在梅花盛开，燕子归来
开始碎裂，一块一块，沿水流漂逝

冰凌花

突破冰的重重封锁
穿越枪林弹雨
忍耐酷刑和种种骇人折磨
顽强地活
开在凄寒里的花朵
孩子点燃在雪地里的鬼火
手已剁，也不躲
没有其他理由。只为
能够提前送来春的邀约
不再执意酒后
仍与菊分辨争夺
迟还是早，对与错
那个孩子已深陷书本泥沼
仍然如当初一样笨拙
老是以为新不如日
今不如昨
其实并不知晓
当午在黑夜里
在冰凌和积雪掩埋的地下
偷偷种下太阳的就是我

阡陌红尘，一树花开

闪电锋利
将天空一刀子划开
没流一滴血，全是雨

飞鸟从裂缝中逃了出来
变成一枚枚针
缝合天空

每一株禾苗都哭出眼泪
渴望成熟，结成稻穗
一粒谷子就是一滴凝固的泪水

田间小路是棋盘
小鸟和我都是棋子
在棋盘上追逐拼杀

桃树在一年中多数时间保持沉默
一旦开口，肯定是喝醉了酒
既手舞足蹈，又语无伦次

红尘就是身边养的那条看门狗
滚着爬着赖着，紧跟在身后
怎么撵也撵不走

为你花开满树

猫突然叫得凄厉

一根苗家绣花针

飞速穿梭

在靛染的土布上

刺亮一盏一盏的灯

刺一轮明月

刺碎碎的星星

刺一棵春天的桃树

从冬眠中醒来打着哈欠

刺树上盛开的歌声

刺天空飞翔的燕子

这刺穿我心脏的猫叫

是箭，是根啃剩的鱼骨

卡在喉咙里发着炎

喝尽一碗陈醋也不见好转

翻出匣子那块旧刺绣

在鬓角上又新开一朵桃花

静默如桃花

三十年前那棵树就站在那里
头上插满桃花
远远的笑着看着我，不说话

那棵树十年前仍然站在那里
插满头的仍然是桃花
看着我笑着，默默地，不说话

站在那里的那棵树前年还在原处
桃花插满头
我远远地笑着看着，说不出话

今年春天我又回到那里看那棵树
满头插着桃花
我怎么也笑不出来，依然笑着的花

多么奇怪，竟然从来就没有意识到
我居然在围绕着这棵树转了几十年
像一粒抛出去的悠悠球
像月亮绕着地球，地球绕着太阳
树纹丝不动，我远走天涯

拼命挣扎，也没逃脱这花
的万有引力。再老
也没我苍老；再旧，也没我陈旧
这树桃花似乎从来就站在那里

桃　花

当着春天的面
温柔地叫了一声你的名字
你就盛开了
羞得连耳根子都红透
我都后悔
是否不该这么早就唤醒你

当着春天的面
轻轻地再叫了一声你的名字
居然有千万个同名同姓
站在枝头同时答应
像合唱。我都后悔
是否合适这个场合呼唤你

我期望掌心长出一棵树
一棵桃树
树上开满你的名字
这样多好
这样你就是我的女儿
我的掌上明珠

桃花，或梦

一万只红蝴，十万只粉蝶
在枝条上死去。拒绝飞翔
魂魄凝结在露水里
一千个庄子开始复活
一万个诗人从假寐或冬眠中惊醒

一万条红绳，十万条粉带
系住每一丝春风，打成活结
让月老和红娘从此失业
一千个太阳和月亮同时升起
一万个少女在春寒中未婚先孕

我将像蜜蜂一样
采集每一朵桃花里折射的光芒
酿成千万个梦想
送给每一个仍孤独地在路途上
苦苦寻找春天的流浪者取暖

梨花开

梨树。一株。站在路旁
性格内向。一直都很静默
因为没有嘴。不似哑巴

某天，因一只旧识燕子的归来
突然开始放声大笑。引起围观
许多手指在跳芭蕾，细如筷子

流言其实都是火。闪电的野种
搜罗着枯枝败叶。像喜鹊
搭窝。私建家园

"春天来了，梨这个疯姑娘
终于疯了。满头是花
一种白。异于雪的白。另一种表白"

花是一种蜜蜂听得懂的语言
白是一种蝴蝶听得懂的语言
议论如水，在池塘里干枯和发臭

湖的核。一些长期潜伏着的石头
站出水面。很瘦。很黑
也很柔软。被相思折磨得一身憔悴

看见石头的痴情。不合时宜
梨树笑得浑身哆嗦。笑弯了腰
白花花的眼泪，撒了一地

当一株植物流干了眼泪
春天会不会就此而死去
我想，未必所有的黛玉都那么痴情

玉兰花开的样子

在千峰壁立的太行山脚下
在红旗渠灌溉的土地
在春寒料峭的河南林州姚村镇
妹妹，我独自想着你
想着你的过去、现在和未来
庭院里一株紫玉兰花
三株白玉兰花竞相盛开
阳光里，像站着一树鸽子
翩翩欲飞，却又飞不走

栀子花开

长，就一副小女人模样
白净的面容
白净的手和脚
白净的皮肤光润如水
着一袭葱绿拖地的长裙
在微风中站着
香
也是小女人的香味
和茉莉一样
很江南
既不像桃花一样妖艳
也没有牡丹那样奢华庄重
没有芍药那样奔放
更不如桂花那样浓烈
花开
其实花是枝头结的疤
小嘴轻轻一张
喊一声痛
雨就轻轻落下来

海棠无香

海棠为花中神仙，色甚丽，但花无香无实。
西蜀昌州产者，有香有实，土人珍为佳果。

——摘于贾耽《百花谱》

人生太多的遗憾
不仅仅是因为我是一株海棠
一阕李清照闺房窗外的《如梦令》

我不是一朵国色天香的牡丹
因为我走过的路都是贫瘠的土地
我不是一朵风姿绰约水间的莲
因为我没有可以赖以远航的船
我不是一枝让你踏雪来寻找的梅
因为我没有让树把自己举到高空

我只是一株海棠　一株
不产于西蜀昌州的非特异品种
虽然红艳　但也无香无实
不会让你
　顾梦垂怜

我站在你的门前　无声

静静地开放悄悄地凋谢

视而不见的你呀

唯有在雨来时

　才会静坐在你的窗前

　　　残酷地欣赏着我动态的消瘦

因为我只是一株无香的海棠

莲 梦

你炫耀幸福，幸福其实只是山那边
溪涧里那只永远长不大的小螃蟹
你追求快乐，快乐其实只是沙漠中
那条蜿蜒盘曲着爱做梦的响尾蛇
你推崇爱情，把爱情标榜为个体宗教
爱情其实只是酸枣树上最后挂着的那枚月亮
你说，无所谓了，反正桃花已按时开过
你说，没甚关系，既然菊花都承诺凋谢
时光站在高高的山岗上，像树，嘲笑青春
记忆如藤蔓，自个儿开花自个儿结果

一切居然都与你我无关，但与牛有关
恨如雨，滋润着冬季的麦田和眼睛
悔如潮，漫过河堤和春天的草岸
你在梦里依旧大声呼唤着我的乳名
我想，我也许是一枚千年沉睡的莲子
终因你的呼唤和温暖发芽生长
无法阻止地泛滥，铺展成一池的绿和惊诧
植物从不高谈阔论，不似青蛙
但根茎、枝叶、花朵和果实都是植物的语言
植物想说话时，就伸展一片叶，或开一朵花

只是没有翻译，你和我都不一定能懂

那漂浮和荡漾在水面上的哪是莲叶呵
明明是一季的浓愁和前年发酵的思念
一盏灯被举了起来，在风里
两盏灯被举了起来，在雨中
三盏灯被举了起来，在夜里
一万盏灯被高高举起来，在水中
一朵花就是一盏灯
一盏灯或许就是一句话
离你最近的那盏灯上，触手可及
停着一只欲飞的蜻蜓
那是我做的一个梦，在你的手心
像佛手心拈着的一朵莲

花　朵

当一朵花猛然睁开眼睛
像婴儿告别子宫后的啼
撕裂苍穹的第一声尖叫
一把匕首刺穿太阳的心脏
一炉煮沸的铁倾倒下来
阳光如血水瀑布般泄出
瞬间淹没刚苏醒的清晨

当花儿在风中悄然熄灭。像蜡烛
直接导致一株昙花的彻夜失眠
夜来香将夜裁成块块黑纱
蛙洗净水中的月光做招魂幡
萤火虫用蜡笔把山路涂亮
蓟草和苦竹浸在蟋蟀的哭声里
刻意在旷野为时间举办一场葬礼

白昼，星星纷纷坠毁
满地残骸散落
像花朵，遍地盛开
夜晚，花朵纷纷牵着
氢气球的手。升天

站在嫦娥的高度跳舞

花朵其实是闪烁在地面上的星星
星星其实是盛开在夜空中的花朵
站在天地之间
白天看看花朵
夜晚仰望星空

秉烛观花

谎言在指尖凝结成坚硬的指甲
指甲在玻璃表面愉快地尖叫
月亮鬼头鬼脑。像飞檐走壁的贼
从黑暗中探出一张苍白缺觉的脸

再也无法忍受夜夜
被一条柔软的蚕丝被
早早地强奸在床上

今夜预报有雨。于是学古人
苦口婆心策反一支蜡烛的绽放
去唤醒院子里那些熟睡的海棠

"醒醒。跟我躲雨去？"
  NO。我要减肥。"

花　语

好深的庭院，自由落体似的
横向坠落。深不触底。几进几出
多少房间。绕过一堵石屏
走亭廊，绕过一堆假山
跨过一座小桥，再绕过一堵墙
只有蝴蝶清楚这迷宫的方向

柳条如丝，披头散发，垂落
像古人设置的重重机关和珠帘
在重重珠帘后面，在眼睛后面
在重重门的后面，关着多少黄昏
隐藏着多少足不出户的小脚美人
如尘埃，积淀下来的叹息

古人住过的院落仍然可以去游玩
古人走过的路仍然可以去散步
古人登临的高楼仍然可以去攀爬
泪眼问花花不语，乱红飞过秋千去
可再也没有人没有时间和心境学古人
眼含泪水去苦苦哀求一朵花开口说话

等花开

经时间的反复煎煮
香气自然会悄悄弥散开来
怎么样的一朵花
经得住我如此长久的等待

鱼都将淹死在大海的胃里
山的骨头日夜涌着无法凝固的血
你若盛开在没有光的黑夜
定然是一盏长着无数毛发的眼睛

你若盛开在冰冷的雨里
定然能够听见你敲击的钟声
你若盛开在遥远的太空
得及时拨亮汽车前端的远视灯

你若非得在我恰巧离开
的间隙，赌气盛开
辜负一生的美好和等待
我又能把谁拿来责怪

怎么样的一朵花
经受得住我如此长久的忍耐
经时间的反复煎熬
有一种陈香会慢慢浸染开来

槐　花

槐树是运动健将

肌肉发达

一股股隆起的疙瘩

在北京的街道边

生猛，高大

接过花期接力棒

一串串的白

一串串的香

犹如仍然在乡下

不懂含蓄和表达

让人想起远方和故乡

想起湘西的舞水河畔

不再叫槐花镇小小的城

想起三角坪一碗普通鸭肉粉

想起街边夜市水煮小龙虾

想起一盘腊肉炒鲜笋

想起一篮靖州杨梅

想起了正清路

想起一场不知道什么时候才会晴的雨

花瓣雨

突如其来的这场雪
催开当年种下的一片梨树
惊醒冬眠覆盖的春梦
一万只白蝴蝶栖在枝上
洁白，树上结一万只明月

远道从唐诗里打马穿林
千里迢迢从南方赶来赴约
寒风烈烈，马蹄声碎
那些鳞翅目昆虫纷纷起飞
补一场轰轰烈烈的瑞雪

春天的花，哪朵不哭
哪一朵又不饱含幸福的泪水
躲得过夜里的风雨
如何经得住在耳边
轻轻地唤，你的乳名